魔豆

乙女Game公主是隻熊！
2
完
醉琉璃——著
夜風——插畫
Bearly a Princess!

乙女Game公主是隻熊！2 完

目錄

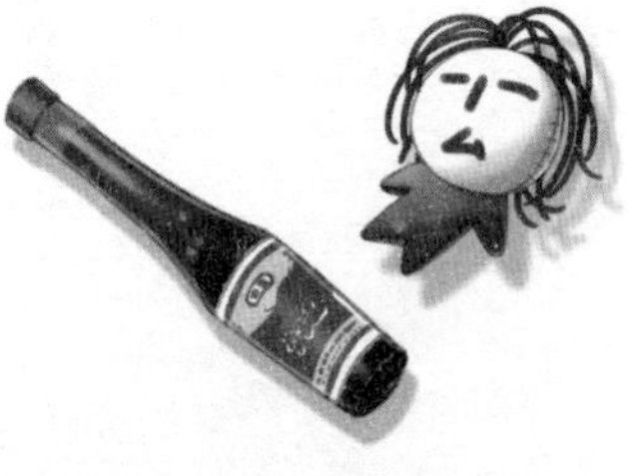

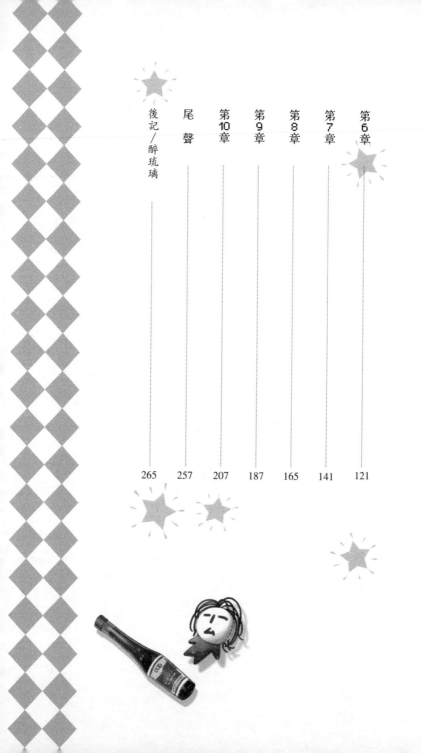

楔子

小熊作了一個夢。

夢中的她還是那個二十七歲的自由業。

平時不是畫圖工作，就是研究如何靠玄學抽卡，好拉高抽出ＳＳＲ角色的機率。

這夢也太寫實了，根本就是她平時的人生寫照。

這種事還用得著作夢嗎？她張開眼睛就能立刻體會！

如果夢境能夠評分，小熊一定會打上一顆星加上一排慷慨激昂的負評。

無視小熊的憤慨，夢仍然毫無波動地繼續。

夢中小熊最喜歡的手遊「爛漫星光之戀」要開新活動了。

新活動，就必須搭配新的限定角色卡池。

用最淺顯易懂的一句話來說——又到掏出錢包的時候了，玩家們！

除非是幸運值ＭＡＸ的天選之人，否則玩家與限定角色之間通常都是：你我本無緣，全靠我砸錢。

很遺憾地，夢裡的小熊依舊不是幸運值ＭＡＸ的那個。

但這不妨礙她自信滿滿地相信下一次肯定能成爲天選之子。

爲了迎接星戀的新卡池，小熊不忘焚香沐浴，本來還想準備鮮花素果，但總覺得這樣可能順帶招來不該來的東西。

俗稱阿飄，直白的說法則是鬼。

小熊怕很多東西，鬼無疑是第一名，這點在夢裡也一樣。

將抽卡用的手機擺在列印出來的魔法陣上，小熊一邊和最要好的朋友小蘇視訊，一邊摩拳擦掌，就等著十一點五十二分的到來。

遊戲抽卡玄學之一，五十二分教。

相傳在這個時間點抽卡，有高機率能夠成功出貨。

加上那張印出來的魔法陣加持，那可是星戀出ＳＳＲ卡時會有的特效畫面，小熊深信這波一定是穩了。

沒錯，直覺就是這麼告訴她的。

她終於要成爲那個天選之人！

隨著五十二分到來，她火速朝著召喚十次的按鍵按下，還不忘高聲吶喊：「各路神明啊，請賜我五星角吧！信女願意茹素三個禮拜作爲交換！」

抽卡過場動畫的魔法陣浮現，炫目白光亮起。

白光越來越亮，越來越亮。

最後連手機下的那張魔法陣也跟著發亮，驚人的白光噴薄而出，席捲整個房間，也把小熊的驚聲尖叫全數吞進去。

夢境走向瞬間從寫實變爲奇幻。

被白光吞入的小熊穿越了，穿進的還是爛漫星光之戀這個遊戲。

一個自稱星戀之神的小人出現，告訴她由於遊戲裡關鍵的公主角色和侍衛私奔，得由她來負責代打跑劇情。

否則這個世界就會被凝固住，無法向前運轉。

但因爲這個夢的經費不太足，小熊沒有人形，只能先當一隻熊寶寶。

接下來的夢像開了三倍速。

變成熊寶寶的她被迫扛起打倒邪神的任務，隻身一熊踏上旅程。

碰上魔物追殺，千鈞一髮之際靠著手機抽卡，單抽抽出了星戀裡的ＳＳＲ角色。

絢麗燦爛的七彩光輝迷眩小熊的眼，一道高大挺拔如蒼松的身影在彩光中出現。

他手握長劍，身披深色大氅，全身覆著鎧甲，五官俊美明麗，從腳到髮絲都散發出一股聖潔矜貴的氣質。

銀髮騎士朝她伸出手。

不知道爲什麼，小熊全身熊毛直豎，危機鐘聲在她腦中瘋狂作響，但她還是迷迷懵懵地想把自己的爪子放上去。

無他，帥而已。

可爪子還沒碰到那隻骨節分明的手，腳下驟然一個踉蹌，本來站直直的身子控制不住地往後跌。

平坦的地面不知何時變成一道下坡路，讓她只能啊啊啊地一路往下滾，像顆球般滾進一座小湖裡。

圓滾滾的重量頓時激得水花四濺，撲通一聲，小熊也沉了。

剛落水沒多久，小熊就感覺有一股浮力把自己托離水面。

她吃驚地發現自己飄在空中，全身發著金光，手不是毛茸茸的熊掌，就連臉也不是毛茸茸的。

還來不及為自己變回人形感到開心，小熊便驚悚地看見自己的左手邊也飄著一個「自己」，只不過是銀光版本的。

接著她聽見一道優美悅耳的嗓音響起。

「路過的旅行者啊，你掉的是右邊這隻金色小熊？還是左邊這隻銀色小熊呢？」

湖面上平空出現一道人影。

她的面容被光輝籠罩，看不見長相，但打扮和聖潔的氣質，讓人忍不住想到「湖中女神」四個字。

再結合她的問話，這不就是「金斧頭與銀斧頭」的故事嗎？

除了斧頭變成了小熊。

小熊往前看，她來不及摸上一把的銀髮騎士就站在湖岸。

面對湖中女神的提問，銀髮騎士沉穩開口：

「都不是，我掉的是全世界最可愛最迷人毛最多肉球也最粉嫩的毛茸茸小熊。」

下一秒，他話鋒一轉，原本像對情人呢喃的溫柔語氣驟然變得冷酷無比。

「像我面前這種沒毛也不可愛的生物，根本沒有活在世上的價值。」

小熊還來不及震驚這個帥到天怒人怨的大帥哥居然是個變態絨毛控，帥哥的長劍已經出鞘，劍光迅雷不及掩耳地朝湖泊掃過來——

小熊被這夢嚇醒了。

她張開眼睛，聽到自己急促的呼吸聲、加速的心跳聲，還有不遠處篝火冒出火星跳動的嗶剝聲。

躍動的火焰有股讓人安心的力量，小熊盯著火光，眼皮漸漸往下掉，在睡意即將捲土重來之前，猛然一個激靈。

不對啊！套房裡哪來的火？有的話早觸動火災警報器了！

「作惡夢了？別怕。」一隻大掌輕輕摸摸小熊的頭。

小熊顫顫地扭過腦袋，眼睛映出一張才在夢中見過的帥臉。

柯諾斯溫柔地用手指梳理小熊的毛，紅眸映著火光，看上去情意綿綿。

小熊張著嘴，爪子顫抖舉起，看著在夢中因爲自己沒毛就拔劍砍向自己的美男變成現實。

瞧著那隻主動遞上前的可愛爪子，柯諾斯快速抓住。先感受一下美妙的熊掌觸感，再放到鼻間深深吸一口氣。

這個舉動讓小熊再次一個激靈，所有迷茫被嚇得一點不剩，那些縮在角落的記憶也一併重新湧上，強烈刷起存在感。

小熊抱著頭，痛苦哀號。

這個夢眞的太嚇熊了，她一點也不想因爲沒毛而慘遭毒手！

她抬頭看一眼似乎仍含情脈脈望著自己的柯諾斯，哀號聲更大了。

會幹出這種事的人就在身旁，感覺更可怕啊！

小熊的腦袋在柯諾斯大腿上滾來滾去，不明白自己怎會作這種莫名其妙又驚悚的夢。

什麼金熊，什麼銀熊……啊！

小熊倏然彈坐起來，撈起睡覺時仍緊抓不放的小包包。包裡有鬃刷、手機、東泉辣椒醬，還有一個身體縫得像海星、臉部寫著「小蘇」兩字的娃娃。

小熊拿出手機，毫不避諱地在柯諾斯面前使用。手機對這個世界的人來說只是一個發光盒子，他們無法看見螢幕裡的內容。

小熊點開劇情地圖頁面，看著最新的發光欄位，她呻吟一聲，難怪會作那種怪夢了。

下個劇情提示上正寫著「**你好，你掉的是金熊還是銀熊？**」往欄位一戳，登時跳轉到局部地圖的畫面。

上面只有一個發光點，寫著「**深淵之谷**」四個大字。

回想起夢中柯諾斯無情拔劍的一幕，小熊轉過頭，怒氣沖沖地瞪了對方一眼。

變成熊的時候把人當小甜甜看待，親親熱熱什麼都哄著她。

變成人的時候就翻臉無情，拔劍想砍了她……夢中的砍也是砍！

呵，男人……她看透了。

「嗚嗚嗚，小蘇我好想妳……」小熊從包裡撈出自己為好友縫製的替身三號，緊抱著娃娃尋求安慰，「為什麼當時妳沒有跟著一起過來呢？沒有妳的日子，我孤單寂寞冷啊！」

小蘇娃娃依舊一臉厭世，如果它會說話，大概會想替不在場的本尊說：

別約我，沒結果。

社畜加班中，勿CUE。

第1章

都說福無雙至、禍不單行。

小熊想，她昨夜作了那個惡夢，應該要有所警覺。

可是又有誰會知道，這個禍……居然從天而降！

「啊啊啊啊啊啊啊～～～～～」

七彎八拐的慘叫聲就像一條劃過天空、劇烈起伏的波浪線，響徹雲霄。

亞麻色的熊寶寶猝不及防被巨鳥用爪子抓住。

披著紅綠羽毛，外表像禿鷲，體型卻比禿鷲大上好幾倍的巨鳥一拍翅膀，立刻抓著獵物往高空飛。

這事發生得太突然，當時小熊坐在柯諾斯肩膀上，正低頭滑著手機，看今天的每日道具抽抽樂會抽出什麼。

拜託別再是鬃刷了！

天知道她跟鬃刷是結下什麼不解之緣，昨天、前天、大前天……反正一路往前數回去，全都抽到鬃刷。

滿滿用來拉人仇恨值的，鬃刷。

再累積下去，她都可以當鬃刷商人了。

可惡的遊戲難道就只會出鬃刷而已嗎？

小熊發誓今天一定要打破鬃刷魔咒，還沒按上螢幕的輪盤，突然間她感到背部一緊，整隻熊跟著懸空。

起初小熊沒意會過來發生什麼事，她正忙著放空大腦，準備靠無心流抽個不同凡響的道具。

下一秒她才猛覺不對勁。

她好像飛起來了……她真的飛起來了！

「呀啊！柯諾斯！」小熊嚇得花容失色。

「主人！」

巨鳥速度太快，動作太出其不意，柯諾斯剛反應過來，手卻抓了一個空。

他加速衝刺，再一個大力躍起，跳出驚人的高度，伸直的手臂眼看就要觸及小熊的腳掌——

巨鳥似乎察覺危險，猛然拉高身子，讓對方手指最終只撈到一把空氣。

看著銀髮男人徒勞無功地回到地面，巨鳥發出嘎嘎嘎的叫聲，猶如在嘲笑對方。

可下一秒，它的眼珠映出柯諾斯身下的異狀。

本該是黑影的位置出現詭異蠕動，像是更多影子要從裡面掙脫而出。

巨鳥的嘎笑聲戛然而止，寒意籠罩全身，本能在催促它快點逃離。

它瞬間放棄所有戲耍心思，紅綠相間的雙翅使勁拍動，扶搖直衝藍天，一下就將柯諾斯甩開大段距離。

猛烈的動作晃得小熊七葷八素，本來緊握的熊掌一鬆，手機頓時從掌心滑脫，直直往下墜。

眼睜睜看著從現實到遊戲世界，一路陪伴自己至今，抽出無數美男的手機投奔大地，小熊發出前所未有的淒厲慘叫。

「啊啊啊啊啊啊啊！快救我的手機啊柯諾斯——」

似乎被小熊的尖叫取悅，她頭頂又落下一道像是嘎嘎大笑的叫聲。

小熊拚命掙扎，卻沒辦法從鳥爪的箝制中掙脫，只能驚慌失措地看著手機持續往下掉、往下掉……

手機在小熊視野中變成一個小黑點，再一眨眼，黑點消失到哪去了也無從得知。

藍天之下，再次響起一聲悲慟欲絕的大喊。

「不——好歹也讓我抽完再掉！」

人與人的悲歡都不能相通了。

何況是人與鳥。

巨鳥絲毫不能理解小熊的傷心，確定自己逃出生天，它又發出嘎嘎嘎的笑聲，爪子牢牢抓著小熊，朝著目的地快速飛去。

風在小熊身周颼動，吹得她熊毛凌亂。

她如今的姿勢，就像是一隻剛洗完、被夾子夾住背部，掛在洗衣繩上的熊寶寶，臉上還寫著「生無可戀」四個大字。

小熊覺得自己是隻死熊了。

心愛的手機離她而去，也不知道是摔得遍體鱗傷，還是就此屍骨無存。

她只知道，沒有手機的熊生是黑白的。

手機裡還存著各個手遊收集來的三宮六院七十二男妃。

那麼多角色的個人劇情沒解鎖，可以盡情摸摸並聽他們喘息的房間也還沒攻略完畢……

更不用說那些列在她清單裡，未來想抽爆的男人一二三四……

就算這些遊戲現在不能玩，但是等她重回現實世界就可以……

對啊！等她回到現實世界，再買一支新手機不就好了！

小熊瞬間從心如死灰變得大徹大悟，所有頹喪一掃而空。

馬上就從死熊變回一隻活跳跳的熊。

都說舊的不去，新的不來，這肯定是在明示她回去後趕緊買一支更好的手機，再把遊戲重新安裝回來。

自己帳號都是綁定的，還怕男妃們不回來嗎？果然男人容易影響智商，智者還是不入愛河的好。

重新振作的小熊終於有餘力弄清現下狀況。

從她的角度看不見巨鳥的模樣，能感覺那對鳥爪抓得很緊，不曉得要把她帶去哪。

早就看不見柯諾斯了。

身在高空，底下的一切受距離影響，看來像是小巧的樂高玩具。

雖然小熊沒有懼高症，但不曾體驗過的嚇人高度還是令她反射性閉緊眼。

閉了一會再睜開，她握著斜背包的肩帶，努力把包包往自己方向拉，直到能碰到包體為止。

小熊迅速掏出小蘇娃娃，蓋好包包掀蓋，小心不讓包內其他東西掉落下去。

此時此刻，唯有好友的替身能帶給她一點安慰。

「小蘇，我們究竟會被帶到哪裡？總不可能真的是想帶回巢裡，把我們當成宵夜吧！」

想到這個可能性，小熊死命抱著小蘇娃娃，像要從它身上汲取安全感。

萬一還沒碰上邪神，先被這鳥一口吞了該怎麼辦？

如果在這邊死掉就回不去現實世界了吧。

可怕的想像讓小熊倒抽一口冷氣，煞白臉。

要是真的在這個世界人生登出，她在現實裡估計會被列為失蹤人口，留在套房裡的個人物品自然也會被家人帶走。

包括她存放海量澀澀資源的筆電。

高清無碼、激烈碰撞、水乳交融、啪啪聲不斷。

即使主角都是紙片人，但要是那些東西被她老爸老媽老哥看見的話……

「不要啊！這種社會性死亡會讓我死也不能瞑目的！」小熊抓著小蘇娃娃驚恐猛搖，「小蘇，妳身為我最好的麻吉，到時候一定要避免這種慘劇發生，千萬不能讓我社死！設身處地地想，要是我們兩個立場顛倒……嗯……嗯……」

小熊忽然不說話了。

她想起自己曾在好友手機裡瞄到的漫畫。

自己看的頂多是ＢＧ一對一，她的好朋友看的則是ＢＬ一對一到多人運動都有，有時候一方甚至連人都不是。

啊，這麼一比，自己存在筆電裡的東西好像都變成小CASE呢。

「小蘇，社死還是妳更社死。」小熊憐愛地摸摸小蘇娃娃的頭，結果爪子不小心勾破腦袋，還扯下一束黑髮。

看著好友替身頭禿了一塊，小熊沉默，把那束用毛線黏出來的黑髮迅速拋到空中，假裝什麼事也沒發生。

巨鳥毫不在意身下傳出的各種聲響，在它聽來，那都只是獵物的無力掙扎，垂死哀號。

它抓著小熊飛過村落、飛過草原、飛過森林。

迎面而來的是一座座巍峨高山，層巒疊嶂，宛如一條連綿起伏的長長脊骨。

小熊張大眼，看著無盡蒼翠撞入眼內。

近到像能撲上自己的樹木讓她嚇得閉眼，風聲呼嘯而過。

巨鳥抓著小熊飛入山裡，來到一處懸崖。側邊像被削去一塊，呈凹陷狀，下方則剛好形成一個平台。

一個巨大的鳥巢被安置其上。

巨鳥在鳥巢上盤旋一圈，緊收的勾爪一鬆，被抓了一路的小熊瞬時往下掉，重重摔進鳥巢。

小熊當即暈了過去。

再張開眼時，小熊發現天色依舊大亮，她也還在鳥巢裡。

她不知道自己暈了多久，但天還那麼亮，表示只有一會兒吧。

小熊摸摸自己，好在熊寶貝的身體耐摔，沒摔出什麼問題，而她旁邊則躺著一串金星光環。

看樣子是之前摔暈時砸出來的。

小熊撐起身體，順手抓下金星環充當防身武器，緊張地觀察周圍狀況。

如今她正待在一個用枯枝築成的鳥巢內，裡頭有三顆比小熊還要高的鳥蛋。

小熊鬆了口氣，蛋總比鳥安全，起碼不用擔心蛋會無故攻擊她。

小熊趴在鳥巢邊緣，探頭向外一看，陡峭的地勢讓她倒抽一口冷氣，果斷再把頭縮回來。

就算她現在的身體耐摔，但從懸崖上毫無防備地跳下去，說不定要直接登出遊戲了。

即使偷跑分秒必爭也得想個辦法做防護……小熊的視線落到懸崖左邊，那裡橫出一棵樹木，樹枝歪曲細長，離鳥巢有一小段距離。

小熊衡量了下自己的運動細胞，搖搖頭。

除非火燒屁股，或是她被鬼追，腎上腺素當場大爆發，否則這個距離她更可能跳到中途便往下掉。

「小蘇，妳說現在該怎麼辦？」小熊愁眉不展地問著自己的心之友。

腦袋禿一塊的小蘇娃娃不說話。

沒有得到回應，小熊依舊能說個不停，不靠講話發洩會讓她更加不安。

「我沒陰陽眼，看不到這裡有沒有鬼，要是有鬼肯定會嚇死人……但說不定也能逼得我超常發揮。啊啊啊，要是小蘇妳的陰陽眼能穿過來……不不不，還是算了，見鬼真的太可怕，還是想想其他辦法。」

小熊恨不得敲敲自己的腦袋，看能不能敲出靈感。

下一秒她聽到清脆聲響傳來。

小熊一愣，敲腦袋好像不是這個聲音，這聽起來更像什麼東西裂開來了。

似要證明她的猜想，那聲音又出現。

啪嚓！

啪嚓啪嚓啪嚓！

小熊霍地轉過頭，映入眼中的畫面讓她臉色一變。

先前毫無動靜的鳥蛋，裂了。

裂縫就像蛛網般一路擴散，很快地三顆蛋上遍布裂痕。

就像脆弱的瓷器，只要稍微施加一點力道，就會劈里啪啦全碎了。

小熊緊貼著鳥巢的另一側，屏著氣，一顆心七上八下，爪子緊緊抓著小蘇娃娃。

她安撫自己，剛出生的幼鳥不會可怕到哪裡去的，說不定還有雛鳥效應……只要在那隻巨鳥回來前逃出去，肯定沒有生命危險。

布滿裂痕的三顆鳥蛋忽然間又沒了動靜，但這份安靜也不過維持幾秒，緊接著蛋殼被由內朝外一啄。

「啪」地一下，蛋殼裂成無數塊，三隻沾滿黏液的幼鳥破蛋而出。

它們的外表就像巨鳥的縮小版，紅綠相間的羽毛還沒長齊，頭頂也是禿的，在身體比例中，嘴巴顯得特別大。

大得像輕易就能含住小熊的腦袋。

小熊抖了抖，看著剛出生就擁有一口利牙的大嘴，拚命祈求所謂的雛鳥效應能發揮作用。

快來認熊當媽吧，我不介意無痛有子的！

三隻幼鳥齊齊盯著小熊不放，那眼神盯得她發毛。

她見過類似的眼神。

她之前請小蘇本尊吃燒肉時，對方看烤網上的那堆肉也是這樣的眼神。

沒錯，那雙發直、猶如要射出綠光的眼睛……就和幼鳥一模一樣！

說時遲、那時快，幼鳥尖嘯一聲，雙腳邁出，張嘴朝小熊衝撞而去。

「啊啊啊啊啊啊啊！」小熊慘叫得更大聲，立即用力砸出金星光環。

一隻幼鳥頭一昂，張嘴叼住光環，開始咔滋咔滋地咬起，彷彿把它當成食物。

另一隻見它吃得這麼香，馬上靠過來，想跟它爭奪那個閃閃發亮的東西。

兩隻鳥登時滾成一團，你啄我、我啄你的。

但還有一隻鍥而不捨地朝小熊奔來。

近距離下，小熊能清楚看見那一口細密得像是鋸子的利齒。

「噫啊！」小熊慌亂地攀爬上鳥巢邊緣，躲開那張危險鳥喙。但再退就會摔下去，極大機率要摔成一張熊餅。

小熊只能扭頭望向從前方延伸過來的樹枝──然而她和樹枝之間還隔著一段距離。

「嘎！嘎嘎嘎！」

粗嘎的叫聲再次響起，另外兩隻鳥把金星光環嚼爛之後，也跟著加入爭奪小熊的行列。

三張駭人鳥嘴不約而同全朝小熊啄來。

小熊扭身往前面的樹枝奮力一躍，腦海中同時瘋狂運轉著同一句話。

那不是樹枝，那是抽卡鍵！

那是閃閃發光，只等著她臨幸的抽卡鍵！

樹枝模樣消失，取而代之的是一個又大又亮的按鍵，上面寫著「免費召喚」。

小熊的大腦繼續運作，爲幻想重新加工。

「免費召喚」的字眼消失，換上了「ＳＳＲ免費保證召喚」。

有什麼比保證免費抽到ＳＳＲ角色更棒的事嗎？

對於抽卡狂魔來說，沒有！

人因夢想而偉大。

小熊的體能也因妄想而大爆發。

圓滾滾的身軀發揮超乎常人、或者常熊的極限，霎時有如離弦之箭，從鳥巢撲向樹枝，在空中劃出一道優美弧線。

小熊一向是單手抽卡，因此她飛撲的姿勢無意間宛若超人。

右手在前，左手在後，在後的那隻緊抓小蘇娃娃。

那是她重要的心之友，就算只是替身，她也不會拋棄它的。

小熊的右手一碰到樹枝，立刻用盡力氣攥得緊緊。

她體型小、重量輕，就算抓住的只是小樹枝，也不用擔心會斷裂。

然而才剛一抓牢，左手處無預警傳來一股向後拽的力道。

小熊驚恐回頭，看見的景象讓她更驚恐了。

三隻幼鳥居然一隻抱著一隻，有如搭橋般從鳥巢內探出。

最外面的那隻此刻正咬住小蘇娃娃的身體，一副死也不鬆口的模樣。

「小蘇！」小熊才不會放棄她的好友替身，說什麼也不放手。

這場拉鋸戰沒有太久。

幼鳥畢竟剛破殼而出，又還沒進食，而維持鳥橋相當耗費體力，沒多久便氣力不支。

「嘎！嘎嘎！」艱辛的鳥叫像是在提醒它的兄弟姊妹，它要不行了，「嘎啊！」

它真的要不行啦！

樹枝也像快超出負荷，肉眼可見地迸開一條小裂口。

搶在裂口尚未擴大之前，小熊猛力拽動小蘇娃娃，想趁機一把搶回。

誰想到幼鳥就算被拖回去也不鬆口。

「唰啦」的撕裂聲響起，清晰傳入耳中。

小熊發出了今日不知第幾次的悲鳴，「小蘇啊——」

小蘇娃娃人首分離，海星身體被幼鳥叼回巢內，小熊手上只剩下一顆頭。

或者該說一層薄薄的頭皮。

填充物隨風飛散，黏著黑毛線的布料在風中搖曳，「小蘇」兩字跟著大大地展開，彷彿一張看破人生的臉，在空中載浮載沉。

小熊沒有沉浸在悲傷裡太久，大概三秒鐘就順利走出傷痛。

畢竟本尊在現實世界安然無恙，替身過不久還可以邁向第四號。

哎，鐵打的本尊，流水的替身。

揮別過去，揮別小蘇娃娃三號，小熊靈巧地爬上樹枝，回頭再看一眼鳥巢。

幼鳥三兩下就把小蘇娃娃身軀分屍，發現是不能吃的東西，三顆腦袋全都轉向對面的小熊，三張嘴也憤怒地嘎嘎叫。

但如今橫亙在雙方之間的距離就像一道天塹，它們再怎麼氣憤也沒有多餘力氣再搭一次橋。

小熊沒有鬆開那層相當於腦殼的布料，繼續往樹枝內側爬。她盡可能地別讓視線往下，專心在爬樹這件事上。

都說福無雙至、禍不單行。

昨夜的惡夢加上今天被巨鳥抓走、差點成爲鳥寶寶的糧食，算起來已經歷兩件災難。都集到偶數了，不會再發生新的意外了吧。

但小熊忘了，世上還有一句話叫「有一就有二，有二就有三，無三不成禮」。

現在，成禮的時間到了。

當小熊總算爬到接近樹幹的位置，接下來她就可以抱著樹幹，像隻無尾熊一點一滴地往下爬之際，又一道聲音猝不及防地進入她的耳內。

啪嚓！

小熊不敢置信地瞪大眼。

離主幹剩下幾公分的距離處，她攀爬的樹枝……

斷裂了。

還是斷得很徹底的那種，「啪」地一下，直接一分爲二。

小熊張大嘴，尖叫還來不及衝出喉嚨，整隻熊便連著樹枝一塊往下掉。

就在這時，懸崖邊倏地吹來一陣風，將飄飛得高高的腦殼布一角吹回來，不偏不倚貼在小熊的另一隻手上。

「小蘇」的小字變得更歪曲，乍看下如同一道厭世卻又悲憫的笑。

那笑容映入小熊眼裡，讓她有若醍醐灌頂，果斷抓住布料的那角。

小蘇娃娃殘留的腦殼在氣流吹灌下，鼓成一道漂亮的弧線，變成一頂簡易版的迷你降落傘。

靠著降落傘的緩衝，小熊墜落速度減緩，不時被風吹向左又吹向右。

她被吹離懸崖，飛向另一側樹林，最後落在一棵大樹上。

小熊的身體剛降落到樹枝，就聽見熟悉的啪嚓聲響起。

看著沒了氣流逐漸凹扁的布料，小熊的表情也變得跟上面的「小」字一樣厭世。

她心累身體也累，隨便了啦。

失去支撐的小熊再次往下掉。

她都做好會和硬邦邦大地來個親密接觸的準備，不料背部傳來的卻是軟硬適中的觸感。

這份觸感大大降低落地時帶來的衝擊，恍惚間，小熊還以為自己掉到了床鋪上。

「小蘇，地居然是軟的耶！」小熊驚訝地對著只剩一層皮的心之友說。

心之友沒長嘴，但回應的聲音從樹林間響起。

「拜託，軟的是我的身體！」

小熊盯著那大大的「小蘇」數秒，下一剎那嚇得猛力扔開破布。

「噫啊啊！小蘇妳眞的穿來了!?」

完全忘記不久前才發誓要不離不棄不放手。

被扔開的布輕飄飄地蓋在一塊突起的石頭上，撐開其上的「小」字，讓厭世臉多了一股心如死灰感。

小熊戰戰兢兢地盯著那塊布，深怕它會猝然暴起痛打自己一頓。

但等了一會，布還是布，不會說話，也不會爬起來揍熊。

小熊安心之餘，忍不住又浮起一絲微妙的失望。

還以為好麻吉真的穿過來了……結果沒有啊。

「嘶，痛死我了……」

聲音這回是從小熊後方傳來。

「誰是小蘇？穿來又是什麼意思？」

小熊飛快往後看，看見一名銀髮少年灰頭土臉地自地上爬起。

當她看清那張臉，一雙瞳孔劇烈收縮，彷彿眼裡正引發一場大地震。

因為、因為，那可是她自己（人形）的臉啊！

還是銀髮版本的自己！

小熊的視線再往下，看見喉節，接著看見平得幾乎沒有起伏的胸。

……喔，還是男版的自己。

不僅是小熊面露震驚，抬手胡亂往臉上擦抹的少年也忽地停住動作，隨後不敢置信地指著她大叫。

「寶寶！」

「寶寶？哪裡有寶寶？在哪在哪？」小熊反射性東張西望。

「寶寶！寶寶妳活了？妳怎麼會跑到這裡來？」顧不得背部的抽痛，銀髮少年一個箭步衝向小熊，一把舉起她。

「寶寶？我嗎！」看著眼前比自己年幼許多的少年，小熊驚訝得尾音都飆高了。還有「活」是什麼意思？之前是死的嗎？這也太驚悚了！

「妳不記得我了？我是諾亞啊！」少年的高音飆得比小熊還高。

「諾亞」兩字一出，一人一熊突然臉色驟變，同時聽見空中傳來一道莊嚴低沉的聲音。

「碰上特殊角色，觸發特殊劇情，大大要為你們播放回憶ＣＧ了。」

「啥？啥啊？！」小熊愕然地喊。

諾亞看起來比她還茫然，那句話中有太多他聽不懂的意思。

緊接著兩人腦海無預警流入影像，一幀幀畫面快速閃過。

小熊看到的是諾亞的身分，諾亞看到的則是小熊的任務。

下一秒，一人一熊驚愕的大喊迴響在林中。

「神居然讓我的熊代替我去打邪神!?」

「你是那個跟人私奔的公主……不，王子!?」

雙方喊完，不禁又面面相覷。

還是諾亞先有了動作，他一把抱住小熊。

「嗚嗚嗚，我的寶寶……神真的太喪心病狂了，連一隻熊都不放過！妳還是個寶寶啊！我離開前妳都還沒活過來，現在已經會跑會說話……妳一定被嚇壞了吧，才會連我都沒認出來。是我啊，想起來了沒有？雖然我現在沒穿裙子，也不是公主，但我是諾亞啊！」

藉由那個所謂的「西居」，諾亞很快掌握到重點。

他丟下工作跑了，結果神抓他心愛的熊寶貝來代打。

他那麼柔弱可愛的好朋友承受不了太多負擔，才會出現記憶障礙，沒第一眼認出自己。

「寶寶妳那麼萌、那麼可愛、那麼弱小……」諾亞痛斥星戀之神令人髮指的行爲，「怎麼可以讓妳來代替我？好歹也找個健壯粗勇的猛男，起碼耐摔耐打又耐打！」

「呃呃呃，能不能別叫我寶寶……」小熊皺著臉呻吟。她都二十七歲了，被叫寶寶也太詭異，「拜託喊我小熊。」

「但妳本來就是熊了。」

「不管，喊小熊！不喊就是對不起我，對不起國家，對不起這個世界！」小熊使出情勒大法，順利讓諾亞改口。

「好好好，就叫小熊。」諾亞仍是那副哄小孩的口吻，「小熊妳想起我了吧。」

事實上並沒有，但小熊還是胡亂地點個頭，避免更多麻煩。

照星戀之神的說法，因爲公主……還是稱王子吧。王子跑了只剩下他的好朋友，也就是熊玩偶，祂才把小熊拖來這個世界，充當一下打工熊。

都說是好朋友了，又是奇特的「熊寶貝」種族，因此小熊之前先入爲主地認爲，自己是暫時借用一隻活熊的身體。

可是剛剛諾亞又是怎麼說的？

他說，我離開前妳都還沒活過來。

救命，沒人跟她說熊是死的啊！她現在是屍變嗎？

小熊在心裡瘋狂CALL著星戀之神，但剛還在播放回憶ＣＧ的神又斷線，不知道神隱到哪裡去。

小熊想扯著自己的毛尖叫，更想抱著她的好友一起叫。

但好友沒來，好友的替身三號現在又只剩一層薄薄的腦殼。

諾亞不知道小熊心中正颳起劇烈風暴。

他認定小熊受到神強制操作的影響，才會出現記憶斷層的副作用，嘴上說著想起自己，可眼裡全是大大的問號。

「眞的太可憐了，我的寶……小熊。」接收到小熊倏地射來的犀利視線，諾亞改口，「都是那個沒天良的神強行喚醒妳，妳現在還記得多少以前的事？妳連我都記不得，難道說……」

諾亞緊張地聲音拔尖。

「以前的事全忘了！」

既然有人願意幫她安一個失憶熊設，小熊也不再推拒，毅然接下這個設定。

「我只知道自己是熊寶貝一族，是一個叫神的存在，要我成爲亞倫泰王國的公主，到深淵之谷打倒邪神。」

小熊說得簡單，但諾亞已從短短敘述裡，腦補出一篇充滿苦難與血淚的百萬小說。

小熊OS……也沒那麼長，頂多七萬多字吧。

諾亞眼眶一紅，忍不住再抱緊小熊。

從他的絮絮叨叨中，小熊總算深入了解熊寶貝是怎樣的種族了。

熊寶貝在幼年期只是一隻熊玩偶，長大後才會擺脫玩偶的束縛，正式活過來，成爲一隻眞正的熊寶貝。

到那時候，玩偶時期經歷的一切，也會自動化爲記憶融入腦海裡。

小熊大感震撼。

沒想到自己這隻熊，還有這種不講不會有人知道、原劇情裡也根本派不上用場的設定。

但誤打誤撞讓諾亞這麼誤會也好，可以省去很多解釋的麻煩。

至於諾亞那邊，他的故事也沒太複雜。

他在某一天覺醒自我意志，不想再像個提線木偶按照安排好的劇情走。他想要掌握自己的人生，因此選擇與他日久生情的貼身侍衛私奔。

「我本來該和伊凡一起來這的，誰知道在半路他傷到腰……不敢相信！明明騎在上面的是我，努力扭腰的也是我，爲什麼會是他傷到腰？他以往的鍛鍊都到哪去了？是被兔子吃了嗎？」

「不用那麼詳細，謝謝！」小熊摀著耳朵，她對男男性生活一點也不感興趣，「私奔後呢？你跟那個侍衛私奔後發生什麼事了？」

「私奔後啊，過了一段有趣的時光。」諾亞感嘆一聲，「然後伊凡他……」

「不要再說他閃到腰的事了。」小熊警告。

諾亞回道：「是他閃到腰之前發生的。」

私奔沒多久，諾亞從激情恢復了平靜，他那份屬於王族的責任感也變得無法忽視。

他厭惡自己的人生只能踏上被安排好的道路，不代表他能眼睜睜看著自己的國家遭受邪神毀滅。

他想起上一任邪神是被勇者小隊打敗。

勇者們留下的不單是他們的英勇傳說，還有那柄消滅邪神的勇者之劍。

只是失去公主身分的他，就只是普通的諾亞。

他想去接觸盧西恩男爵，但對方那時正爲了其他事情忙得焦頭爛額，無暇見一位平民。

小熊對了一下時間點，那時還是假的盧西恩，對方應該正忙著操心個性丕變的男爵千金。

「不見也沒關係。我後來想想，見了之後，我要以什麼身分跟他說我想要勇者之劍？」頓了頓，諾亞修正一下說法，「假如他眞的有的話。」

小熊本來想說盧西恩男爵那邊只有劍柄，但想到劍柄目前在柯諾斯的雙肩包裡，來到嘴邊的話嚥了回去。

天曉得什麼時候才能再與柯諾斯重逢，現在說了也變不出星光之柄，不如之後再提吧。

雖然諾亞拿不到勇者之劍，但這不妨礙他的決心，仍是毅然和伊凡踏上打倒邪神的旅程。

兩個相愛的人在路上自然會做些這個十二禁遊戲不會演出來的事。

然後伊凡就閃到腰了。

諾亞鬱悶地大嘆一口氣，「腰就是男人的寶貝，失去寶貝的伊凡，還怎麼打邪神？我就叫他乖乖等著我回來。」

小熊ＯＳ：嗯……你這話聽起來太有歧義了。

搞得你男朋友像失去某個不可言說的地方。

諾亞續道：「還好我一個人也順利抵達深淵之谷，只是沒想到會在這裡碰到妳。小熊妳別怕，我一定會好好保護妳的！」

小熊現在不怕，畢竟邪神又還沒站在她面前。

她更在意的是另一件事。

「打岔一下，你說你抵達什麼地方了？」小熊吞吞口水。

「深淵之谷。」諾亞說。

小熊道：「所以這裡就是……」

諾亞肯定地說：「深淵之谷，正確來說是山谷附近的森林。」

小熊目瞪口呆，想都沒想到自己被那隻巨鳥一叼，會直接來到邪神的大本營。

該感謝那隻鳥，沒將她直送到邪神家門口嗎？

不然她這份外賣當場就能被邪神吞了。

雖然差點成為鳥寶寶的食物，但好處還是有的。

起碼路程瞬間縮短，一下就來到地圖提示裡的目的地。

接下來，就是思索該如何觸發金熊銀熊的劇情了吧。

金熊銀熊聽起來就是金銀斧頭的變種版。

既然如此，那應該要有一座湖來當劇情發生地點。

不曉得深淵之谷裡有沒有湖……

「邪神的根據地就在最頂峰的凹陷處。」諾亞指了指上面，也沒叫小熊打道回府，「我一路都會好好保護妳的。」

看過星戀之神展示的畫面，諾亞很清楚，小熊如今被賦予公主身分，必須照著既定劇情走。

小熊問：「這裡有湖嗎？隨便哪一座都好。」

碰碰運氣，也許第一座湖就中獎了。

「湖？」雖然不曉得小熊爲什麼這麼問，諾亞還是點點頭，「往上走不遠，就有一座。」

小熊眼睛一亮，「那我們先往哪去行嗎？神給我的提示裡有湖。」

諾亞爽快答應。

「……啊，等我一下！」小熊剛跟諾亞走出幾步，又忽然往回跑，彎身拾起孤伶伶蓋在石頭上的小蘇布料。

想了想，她一併撿起底下的小石頭，再用布包起來。

「小熊妳幹嘛？」諾亞看不明白小熊在做什麼。

「製作我的心之友四號！」小熊高舉新出爐的小蘇娃娃腦袋，「介紹一下，這是我的好朋友小蘇，一路上歷盡千辛萬苦都是她陪伴我的。」

諾亞道：「只有頭嗎？」

小熊回道：「再等等，我馬上做個身體！」

有了前三次替身製作的經驗，小熊這一回更加熟練。

她就地取材，收集附近的樹枝和花草，準備撕下一塊自己的紅披風時被諾亞阻止。

「用我的吧。」諾亞用小刀割下一塊衣服下襬。

花了一點工夫，小熊做出新一號小蘇娃娃。

之前爲它貼的黑毛線黏得很牢，除了不小心被小熊勾下的那一塊外，仍擁有一頭烏溜溜的黑髮。

「我們美女是不早禿的，之後再黏更多頭髮上去吧。」小熊憐愛地摸摸小蘇娃娃的頭，「雖然本尊不在，這只是她的替身，但一樣是我重要的心之友。雖然它因爲我被砍頭、被分屍、被身首分離，我還是愛小蘇一萬年！」

人不在這世界的小蘇……我謝謝妳喔。

「妳朋友的替身好像有點慘。」諾亞給出屬於正常人的評論。

「哎唷，好朋友就是要互相傷害的嘛。」小熊義正詞嚴地說，「對吧，小蘇？」

小蘇娃娃就算多了沉甸甸的腦袋，還是一樣不會說話。

不過或許腦袋太重了，突地一個重心不穩，頭向前倒去，正好重重磕上小熊的熊頭。

某方面也是證實了小熊說的話。

好朋友就是用來互相傷害的。

頂著用友情灌溉出來的腫包，小熊帶上她的好友替身四號，與諾亞一塊踏上消滅邪神之旅。

沿路上，小熊的內心其實有點懵。

她知道邪神得消滅，不然就回不了自己剛繳完一年房租的台北套房。

就是進度跳得有點快，早上她還在離深淵之谷很遠的地方，不到中午就被直送到深淵之谷山腳下。

順帶連同伴都換了一個，從她抽出的ＳＳＲ神祕角色，變成原劇情裡靠著英勇和智慧打敗邪神的原公主。

小熊偷瞄諾亞一眼，感覺像在照鏡子，完全沒想到諾亞長得與自己一模一樣。要說有什麼細微的差異……就是更年輕吧。

諾亞是青春年少，臉頰一掐就是滿滿的膠原蛋白。

自己則是飽受社會摧殘，就算是自由業，說穿了不過是苦命打工人，卑微的願望是哪天能夠眞正抽卡自由。

想到抽卡，小熊的手不自覺搓了搓。

不知道柯諾斯現在人在哪？要是能在凌晨四點前再相見就好了，這樣就不會白白浪費一次每日道具的抽卡機會。

一人一熊走在森林中。

這裡綠意蔥蘢，樹木一棵比一棵高聳，周遭草叢藤蔓也生長得格外茂盛。個子迷你的小熊走在其中，簡直像誤闖巨人國。

走著走著，小熊後知後覺地注意到一個狀況。

他們目前走的這條路……好像也太平坦了吧。

雜草全長在兩側，中間的路面像被事先清理過。

要不是諾亞跟她說這邊已是深淵之谷的範圍，她都懷疑自己是不是正在走森林步道。

她還以爲來到深淵之谷後，他們面對的應該是路途險峻，令人寸步難行。

但現在就跟逛大街一樣輕鬆。

小熊提出自己的疑問，得到諾亞理所當然的回答。

「畢竟這裡是深淵森林遊樂區嘛，被邪神佔領也才一個月，這麼短的時間不至於荒廢到哪。」

小熊以爲自己聽錯了。

「咦咦咦？什麼區？」

「深淵森林遊樂區，妳進山的時候沒看到售票亭和招牌嗎？」

「啥？還有售票亭和招牌喔！」

小熊太過震驚的表情一點也不像作假，諾亞訝異地停下腳步。

「很明顯耶，每條進山的道路都有設。我進來時就看到一個，還是妳那邊的被魔物破壞了？」

「沒有沒有，我是從上面……掉下來的。」小熊想起自己是怎麼來的，感到一言難盡。

諾亞先前以爲小熊是爬上樹掉下來，壓根沒想到她居然是被鳥抓來。

「紅綠色的羽毛，頭又禿……」身爲王族，諾亞學習過各種知識，對魔物的了解也不少，「那應該是禿嘎鳥，一般多在居住區域內狩獵。」

「我那時離深淵之谷還很遠。」小熊感覺自己很冤，無端被鳥拎到這裡來。

諾亞露出思索的表情，「這與正常的禿嘎鳥習性不同……不過如果它原本是森林遊樂區的合作對象，也許說得通。」

「合作對象又是怎麼回事？」小熊聽得一頭霧水。

應該說，打從聽見邪神佔據的深淵之谷的前身，竟是一座森林遊樂區時，就難以跟上進度。

諾亞見小熊眼中充滿問號，於是邊走邊為她說明。

事情要從一百年前，勇者小隊打敗前任邪神開始說起。

消滅前任邪神後，不只勇者小隊聲名大噪，邪神葬身之處的深淵之谷也成了一處另類的觀光景點。

無數人由各地前來深淵之谷，只為看一眼邪神殞落的地方。

小熊懂了，就是熱門打卡景點，觀光客都想來這一趟，表示自己到此一遊過。

上任邪神估計不知道自己死後還帶起了一波觀光熱潮。

後來諾亞的父親，也就是那位胖嘟嘟的國王繼位，發揮他的商業頭腦，乾脆將深淵之谷劃為國家森林遊樂園區，還成立一個森林管理局來管轄。

以後凡是想來參觀上任邪神死亡之地的人，都得付費買門票才行。

門票收費低，但來的人多，長久累積下來就是一大筆可觀的收益。

一個那麼大的國家公園，不能只有一個知名景點。

國王因此找上深淵之谷的魔物合作。

生活在這裡的魔物原本就不是會主動攻擊人類的類型，是邪神的污染讓它們狂性大發。

邪神被打倒後，污染消退，它們的異常狂暴也跟著消失。

國王開出條件，只要有魔物願意與亞倫泰王國簽署合約，就會由王國提供它們想要的酬勞。

而魔物所要負責的工作很簡單。

時不時在遊客面前露臉，爲他們帶來驚喜，以及定期清理步道上的野草，以免路面被擋得看不見。

「就是讓一群魔物去當打工人嘛……」小熊喃喃地說，「魔物們真的肯答應？」

「答應了，還不少魔物。」諾亞肯定地說，「這些工作對它們來說只是小事，遠遠比不上自己覓食的勞累，有時更必須與其他魔物對打，不只流汗還流血。不如跟父王合作來得輕鬆，有得吃、有錢拿……也不一定是錢，可以換成其他想要的物品。」

諾亞還知道有部分魔物是跟風黨，見親朋好友去當森林遊樂區的工作人員，忍不住一起湊熱鬧。

這類型的魔物仍會自己找食物，但基於合約規定，會到深淵之谷外去找，免得不小心把買票進來參觀的遊客誤當成獵物。

國王的計畫大成功，深淵森林遊樂區成爲帶來滿滿人潮跟錢潮的觀光地。可惜所有美好光景都在一個月前戛然而止。

第二位邪神降臨，佔據深淵之谷，滿溢出來的邪惡力量再次污染了魔物。深淵森林遊樂區也只能被迫停止營業，成爲無人敢再輕易靠近的危險區域。

「深淵之谷是什麼風水寶地不成？」小熊對此眞的很不解，怎麼一個個都非得霸佔這裡不可？

上一任邪神是，這一任指定她外賣到府的邪神也是。

小熊問：「抓我過來的禿嘎鳥，就是屬於跟風黨的那種魔物？」

諾亞道：「我猜應該是。雖然受到污染，但可能潛意識還記得契約規定，才跑到外面狩獵。」

小熊續問：「那現在被整理得乾乾淨淨的步道，該不會也……」

諾亞回答：「魔物們潛意識還記得工作內容吧。」

小熊：……都這狀態了還不忘工作，老闆肯定愛死這種打工人。

第3章

不得不說，被打理過的步道就是格外好走。

不用擔心迷失方向，也不用擔心會遭到蟲蛇或其他生物攻擊。

對如今體型嬌小的小熊更是一大福音。

倘若草葉過高，她一下就會被淹沒在其中，連路都看不到了。

諾亞想起另一件事，「爲了方便辨認，當初還有分發手環、腳環，或指環給那些魔物，這樣一眼就能知道誰是我們的合作對象。妳有在那隻禿嘎鳥身上看到嗎？」

小熊搖搖頭，當時那隻巨大的禿嘎鳥把她從高處扔下就飛走了，她連仔細看的時間都沒有。

諾亞教導，「沒關係，如果碰上有戴環的，要是被對方發現行蹤，也許可以試著交涉。但如果碰上沒戴環的魔物，先逃再說。」

「你說的環長怎樣？」小熊問。

「就像……」諾亞目光隨意一掃，落在一處，「就像那樣。」

小熊順著諾亞手指方向往斜上看去。

一隻灰白色、羽毛蓬鬆的大型鳥類就停在樹上，背對著小熊二人，粗壯的雙腳抓住樹枝，其中一腳戴著華麗的金屬環，表面鑲著幾顆小寶石。

相較於禿嘎鳥的巨大，這隻鳥的大小與人類孩童差不多。

小熊恍然大悟，「原來是長這……」

最後一個樣字還含在嘴裡，小熊驟然消音，熊掌反射性摀上自己的嘴，緊張地望向諾亞。

諾亞也反應過來，他們面前有一隻魔物！

即便對方戴著園區工作人員的腳環，但在邪神力量污染下，能進行幾分對話很難說。

既然尚未被發現，最好的辦法就是趕緊離開。

諾亞無聲地向小熊比出一個逃跑的手勢。

不料一人一熊才剛躡手躡腳地往後踏一步，樹上的鳥形魔物猛地扭過頭來，腦袋足足轉了一百八十度。

眨眼就從背對小熊二人變成正面面向他們。

要不是手還搗著嘴沒放下，小熊鐵定會發出驚悚的抽氣聲。那隻魔物的背面看上去如尋常大鳥，誰想得到一轉過頭，赫然有張詭異的人面。肖似人臉的面孔白中透紫，一雙眼睛大得不像話，足足佔去臉一半面積。

都說水靈靈大眼睛最迷人，小熊覺得自己以後無法直視這句話了。看看面前的鳥，誰還說得出「迷人」兩字，別嚇死人就不錯了。

「是紫面鴞。」諾亞低聲快速地向小熊說明，「我以前來這看過它的表演。它平常很安靜，喜歡在樹上假裝是木頭，頭可以隨意亂轉，翅膀很少用，都是靠雙腳跑跳行動。森管局的官員提過，它是最積極響應簽約的魔物，因爲能減少辛苦覓食的時間去裝木頭。」

小熊無語，它到底是多熱愛裝木頭？

「它只有暴怒時才會攻擊人，我們現在什麼也沒做，它應該不會……」

諾亞話還沒說完，樹上的紫面鴞已從樹上跳下，衝著他們發出震天高喊，一雙佔臉一半的眼睛燃起熊熊烈火。

這不是形容，小熊是真的看到紫面鴞眼裡有火。

怎麼看對方都像正在暴怒狀態啊！

紫面鴞一在地面站穩，馬上瘋狂拍動翅膀，一雙粗壯的腳健步如飛，像台小坦克朝著小熊他們急急衝撞。

小熊二人拔腿就跑。

深怕小熊腿短跑太慢，諾亞彎下身，撈起熊把她夾在臂彎下。

匆促之間，他無暇調整小熊的姿勢，於是她的頭直面向後方。

也把暴怒中的紫面鴞看得更清楚了。

眼裡火苗越來越大，簡直像下一秒會噴出火。

「餓餓餓餓！錢錢錢錢！」紫面鴞憤怒咆哮，翅膀拍得更用力。

「我聽錯了嗎？它是不是在喊餓跟錢？」小熊詫異地大叫。

「什麼？」諾亞聽不清楚。

「它的叫聲，聽起來像在喊餓和錢！」小熊扯著喉嚨喊，努力讓自己聲音不被淹沒。

宛如在呼應小熊說的話，紫面鴞再次嚎叫。

「餓餓餓餓！錢錢錢錢！快給我！」

這次句子變長了，聽起來就像有誰在追著他們討債。

「我不明白……」諾亞極力狂奔，一心想與紫面鴞拉開距離，「我們明明什麼事都沒做，沒道理讓它暴怒吧！」

「是那個吧，污染造成的狂化？所以看到我們先追爲敬？」小熊說出自己的猜測。

「污染會增加魔物的攻擊性，也會放大執念。正常的紫面鴞沒攻擊性，最大愛好就是裝木頭，就算現在被污染，裝木頭應當也是它的優先選項……」諾亞說到後來說不下去了。

因爲從紫面鴞高分貝的咆哮來看，它一點也不想裝木頭，只想展現攻擊性。

從諾亞這得不到答案，小熊另尋支援。

她費力地扯著小包包，以被夾在臂彎下的姿勢掏出包裡的小蘇娃娃。

「小蘇、小蘇。」小熊晃著心之友的新腦袋，力道不敢太大，以免腦袋反砸回來，「妳說那隻魔物是怎麼回事，快給點開示啊！」

小蘇娃娃不言不語，貫徹安靜的美德。

但那張彷彿和本尊同樣飽嘗加班滄桑的臉，卻讓小熊靈光驟然閃現。

「我知道了！小蘇妳眞是天才啊啊啊！諾亞、諾亞！」小熊連忙分享自己的新發現，「它是不是在討欠薪！」

「什麼？」

「薪水、薪水！就是你們森林管理局要給它的酬勞！」

深淵之谷變成邪神的地盤。

亞倫泰王國的人不敢來這，深淵森林遊樂區自然也被迫停業。

邪神在這待上一個月，等於這一個月內，有簽合約的魔物都領不到食物也拿不到薪水。

然後它們還無意識地維持環境整潔，如同在沒報酬的情況下做白工。

諾亞提過紫面鴞是當初最積極響應簽約合作的一個，爲的就是能有更多時間裝木頭。

但現在沒人發薪給它了，它得想辦法自力更生，裝木頭的時間被迫壓縮。於是它認爲，都是有人不給它薪水、食物，才害它沒辦法盡情沉浸在自己的喜好裡。

「它的執念不是裝木頭了，而是要討到它的薪水，如此一來才能再次好好裝木頭！」小熊說著她的發現。

紫面鴞這時還很配合地扯著嗓子大叫，「餓餓餓餓！錢錢錢錢！快給我！」

自由業說白了也是替人打工，就是甲方不固定。

同爲打工鳥和打工熊，小熊和紫面鴞這一刻共情了。

「我支持你！去討錢，討食物，討你應得的報酬！」小熊握著拳頭，爲紫面鴞搖旗吶喊，「不管做人還做鳥，千萬都不能委曲求全，要勇敢發聲，勇敢站出來！」

「小熊別說了，眞的別說了！」諾亞像是想到什麼，一個激靈，焦急地想要阻止。

「我還沒說完，說完說不定就能讓它明白我們跟它是同一陣線的，它就不會想攻擊我們！」小熊振振有詞，「然後再哄它跟我們同行，讓它當我們的保鏢，事後我們陪它一起去討薪！」

小熊都被自己的邏輯說服了，要是現在能有面鏡子，一定能照出她眼裡閃爍著智慧的光輝。

然而諾亞的速度不但沒因此放慢，還變得越來越快。

「諾亞、諾亞，你好歹讓我把話說完啊！」

「眞的不能再說了！妳的分析很對，但我們不能陪它討薪！」

「爲什麼？」

「因爲它要找的就是妳！」諾亞沉痛地說。

「怎麼可能是我嘛？哈哈哈別開玩笑了，它要找也該找……」小熊咧開的嘴下一秒閉上，笑容漸漸消失。

「我以前來過這，它記得我，照理說應該找我。但我被剝奪公主的身分，現在的公主是妳。」諾亞一口氣說了出來，「所以就變成它記得妳。」

諾亞總算理解爲什麼紫面鴞一看到他們就展開追擊。

不是看到有生物出現。

而是看到了欠債人。

小熊驚恐地倒吸一口涼氣。

她剛剛還那麼賣力地為紫面鴞加油打氣，結果到頭來……

「靠靠靠，所以現在甲方爸爸就是我？欠錢不給的也是我!?」

「快給我！」紫面鴞尖銳的催喊陰魂不散地追在後頭，「餓餓餓餓！錢錢錢錢！給錢、給食物！」

它甚至模仿起了小熊剛喊的那串。

「不能委曲求全，要勇敢發聲，勇敢站出來！」

小熊後悔自己沒聽諾亞的話，先前的鼓吹現在都像迴力鏢回到自己身上，紫面鴞看起來要把她的宣言發揮得淋漓盡致。

簡單來說，就是要死追著他們不放，直到獲得應得報酬為止。

「要死了、要死了，我沒錢也沒食物……諾亞你那邊有嗎？」小熊急得要頭禿了。

她現在哪來的食物？乾糧和晶露球都在柯諾斯那邊，小包包裡只有一瓶東泉辣椒醬。

那還是這世界僅有的一瓶東泉！

「我有食物，但錢很少……可能達不到紫面鴉薪資的標準。」諾亞不認為只靠幾枚錢幣，就能讓對方停止追趕。

小熊不禁有些後悔，她縫小蘇娃娃三號時，應該在它的頭上別一個一看就很貴重的髮夾。

這樣繼承三號腦袋的四號就能犧牲奉獻，為他們爭取到一條生路。

要把小蘇娃娃扔出去引怪，小熊內心是有巨大掙扎的。

她花了三秒才跨過悲傷、跨過陰影，準備隨時迎向新的替身。

——可惜這個計畫的前提是真有那麼一個別針。

小蘇娃娃的腦袋外只有一堆黑毛線，內裡則是路邊撿的石頭，全和貴重攀不上關係。

「要是有貴重的……」小熊突然睜大眼，連忙在這克難的姿勢下，伸手往包包努力掏。

這一掏，掏出國王送的匕首，鑲在上面的寶石正閃閃發亮。

一看就很貴。

小熊高舉起匕首，日光正好映照在寶石上，折閃出美麗的光輝，一下便吸引紫面鴞的目光。

「諾亞，把食物給我！」小熊催促道。

諾亞一低頭，看見那柄貴重的匕首後猜出小熊的打算。

他停步放下小熊，拿出食物，一股腦地塞進她手裡。

小熊把匕首和食物往前一拋，任其掉落在地面上。

紫面鴞一個箭步往前撲，先是一口吞下吃的，再用鳥嘴叼住匕首，眼中火焰消失，那張白中透紫的面孔不再怒氣騰騰。

匕首很華麗，上面還有寶石，而且是公主親手拋出來的。

如此一來，達成了給予紫面鴞酬勞這個條件。

滿意的紫面鴞沒再理會小熊二人，拍著翅膀跑向最近的一棵樹，踩著樹幹靈巧往上，選中一根樹枝就在上面裝起木頭。

眼見危機解除，一人一熊不約而同地鬆口氣。

「希望之後別再碰見來找我討債的……」小熊衷心祈求，「我財產都掏空了，再變不出東西了。」

總不能叫她把鬃刷扔出去應急吧，那個只會拉滿對方的仇恨值而已。

「我們快走吧，往這！」諾亞再抱起小熊，加快腳步往前走。

當這裡還是深淵森林遊樂區的時候，諾亞來過多次，因此他知道大部分的路線通往何處。

而在山頂有個驚人的大坑洞，那處才是邪神所佔據的深淵之谷。

只不過亞倫泰王國的人爲了方便稱呼，才用深淵之谷來統稱這一帶。

小熊想像一下，覺得估計像是火山口那樣，只是裡頭盤踞的不是岩漿，而是一個大大大眼球。

諾亞抱著小熊走沒多久，小熊就拍拍他的手，堅持從他臂彎裡跳下來。

接下來不知路程多遠，要是讓諾亞一路抱著走，只會增加他的負擔。

而且諾亞頂多才高中生年紀吧，還是小高一的感覺。

小熊自認臉皮沒那麼厚，實在不好意思叫一個小朋友抱著自己直到目的地。

「諾亞，你現在幾歲呀？」

「十八。」

小熊更不好意思了。比自己小九歲，差點就快一輪了。

「小熊妳連我幾歲都忘了啊……」諾亞失落一會，又氣憤填膺地罵起星戀之神，「都是祂的錯，可惡的神！」

「眞的超可惡！」小熊跟著一起罵，「連熊都不放過，還是人嗎祂！」

……啊忘了，還眞的不是。

一人一熊邊罵著星戀之神，邊往山上走。

隨著高度攀升，步道上的落葉和雜亂植物也跟著變多，一路走去，乾枯的葉片被踩得啪啦作響。

顯然像紫面鴞那種就算被污染也不忘合約內容，仍勤勤懇懇工作的魔物只是少數。

更多簽下合約的魔物遭受污染後，就把清潔路面的責任拋到腦後。

小熊他們走了好幾個小時，才走到快接近山腰處，途中碰到多次魔物，但都有驚無險地避過了。

時間已至中午，過盛的陽光毫無保留地往下灑落，沒有樹蔭遮蔽的空曠處被曬得隱隱冒出熱氣。

諾亞帶著小熊找了一處樹下休息，順便吃點東西補充體力。

他剛沒有把全部的食物扔給紫面鴞，還留了一些在身上。

「小熊這給妳。」諾亞分一半麵包給小熊。

小熊咬了一口，發現口感吃起來就像饅頭，還是原味的。

簡單來說就是沒什麼味道。

她馬上把她的祕密武器拿出來，不忘向諾亞推薦，「淋點東泉吧，吃起來味道更好喔。」

「東泉是什麼？」諾亞納悶地看著那瓶紅通通的東西。

「辣椒醬。」小熊打開蓋子，讓諾亞聞一下味道，「只要淋上去，食物就會擁有靈魂。」

諾亞一聞到飄出的辣味，忙不迭搖手拒絕。

小熊也不意外，就連她的好朋友小蘇都無法體會東泉的奧妙。

「小蘇妳怎麼就不懂呢？」小熊咬了一大口變得紅通通的麵包，把小蘇娃娃四號的腦袋從包包裡拉出來，讓它可以透透氣，「NO東泉，NO靈魂。」

風徐徐吹來，吹綴布料上的「小」字，形成一抹像是嫌棄的表情。

之後的山路更陡，更耗費力氣，於是他們在這裡休息一會，好恢復體力。

待他們起身要離開時，才發覺周遭不知不覺飄起霧氣。

霧很淡，絲毫不影響路況，還降低了空氣中的熱度，讓森林變得格外涼爽。

可隨著小熊二人越往上走，徘徊在四周的霧氣越來越多，模糊了層層樹影。

隔著白茫茫的一片，一切都變得有幾分不真實。

「小熊妳跟好我。」諾亞拿出十二萬分的警戒，直覺這霧來得突然。他抽出腰間長劍，謹慎地一步步往前。

小熊緊抱著小蘇娃娃四號，像是想藉此獲得一些安全感。

森林加上大霧這種組合，彷彿霧裡隨時會跑出殺人魔……恐怖片都是這麼演的。

小熊回頭往後看，發現身後也被霧氣包圍，來時路被大片白霧堵住。

啊，感覺這邊也像會走出殺人魔。

發覺自己的想像越來越不受控制，小熊連忙雙手拍上臉頰，意圖讓自己住腦。

這種氣氛下，凡是想到的可怕事物都可能成真，俗稱插旗。

小熊拒絕當個插旗王。

她深吸一口氣，強迫自己想點有趣的，例如……例如……

有了，她曾難得地在好友手機裡看到動物漫畫，還是大王魷魚纏鬥大章魚。

「小蘇。」小熊小聲地對露出腦袋的小蘇娃娃說，「雖然不曉得妳的手機怎會存那個，但兩隻大水怪纏一起還挺有趣的。不過妳平常不是嚷著不夠讓人小臉一黃的東西妳是不會存……」

小熊和不語的小蘇娃娃對視，電光石火間，她好像領悟到什麼，又恨不得自己還是別領悟了。

「啊啊啊！」小熊掩嘴低聲哇哇叫，射向小蘇娃娃的目光痛心疾首，「妳居然連獸獸都不放過啊！」

小熊含糊的指責沒一會就消失在嘴邊，有個更大的聲音突兀地從白霧後傳出。

沙沙沙、沙沙沙。

乍聽之下，就像有什麼被拖行在地上，然後緩慢地前進著。

濃霧降低能見度，看不清霧氣後藏有什麼。

小熊的熊毛反射性全部豎起，這聲音讓她想起在螢火大草原碰上的蛇女。

蛇女拖著尾巴移動時，也是發出這種沙沙聲。

假如下一秒傳來呼救聲，她一定要全力阻止諾亞，千萬不能讓他傻傻被騙。

確實傳出了其他聲音，但不是小熊預想的呼救，而是沉重的喘氣聲。

彷彿有誰拖著東西，邊走邊重重地喘著氣。

小熊的喉頭咕嘟滾動，這場景更像恐怖片殺手即將出沒了。

喘氣聲和沙沙聲持續往小熊二人方向靠近，霧後同時浮現一抹黑影。

輪廓看起來像是章魚，腦袋圓圓，下方有多隻腕足，但體型比一般章魚大。

比諾亞都還來得大。

這是小熊他們目前碰到的最大魔物。

小熊後悔自己方才的胡思亂想了，就不該想章魚，現在章魚眞的出現在山裡了。

「這可能是熊章魚。」諾亞快速向小熊說，「危險係數高的一種魔物，沒和我們簽過約，基本上我們也不會找這種可控性低的。」

「爲什麼叫熊章魚？」雖說有個「熊」字，但小熊直覺對方和自己不是同一家的。

她的直覺被證實了。

諾亞說，「它外形像章魚，腦袋則像熊，雖然沒有熊耳朵，還有它最喜歡吃熊。」

現在就是隻熊的小熊抱住自己，瑟瑟發抖。

「小熊，妳等等一定要躲好，最好把臉藏起來。」諾亞緊張交代，「這樣要是不小心被它看到，它也不會馬上認出妳是熊。」

小熊手忙腳亂地解開斗篷，把它當頭巾般包住腦袋，臉也遮了一半。

霧裡的黑影越漸清晰，空氣滲入一縷腥氣。
兩條粗大的腕足終於從霧中探出。
小熊的心跳像是快停止。
諾亞不等熊章魚完全露面，握緊長劍，二話不說便朝其中一條腕足劈下。
然而他的長劍還沒觸及那條腕足，熊章魚的身後竟冒出一團更龐大恐怖的黑影。
黑影周邊有無數觸鬚舞動，像是長鞭又像是藤蔓。
僅僅一個呼吸間，那些觸鬚已全數朝熊章魚招呼而去。
熊章魚只來得及探出兩條腕足，就被觸鬚包裹住，迅急地被拖入白霧更深處。
諾亞揮下的長劍只斬到空氣，意想不到的局面讓他臉上浮現驚詫。
小熊把圍著臉的布拉下來一點，結巴著問，「那、那是什麼？」
比熊章魚還大隻，輕輕鬆鬆就把它拖進霧裡……總不可能是她剛剛想到的大王魷魚吧。
要是真的，那就太過分了！
她平時想中樂透，想抽到更多ＳＳＲ卡都沒實現過，憑什麼這次一想就成？

有種讓她回去抽抽出奇蹟啊！

霧後靜悄悄的，沒有任何聲音傳出，反倒更令人毛骨悚然。

小熊的雞皮疙瘩全體冒起，實在很怕待會眞的爬出一隻大王魷魚。熊章魚都能輕易解決，他們二人大概連塞對方牙縫都不夠。

她焦慮地拉拉諾亞，「我們還是換條路吧，還有其他步道可以到上面吧。」

「會比較花時間。」諾亞解釋，但也同意小熊的提議。

即使霧中的東西不出來，他們也不可能貿然進入霧裡，誰知道對方會不會守株待兔。

諾亞和小熊準備悄悄換路線，原先包圍在前後的白霧倏地散逸。

就好像一陣無形狂風吹過，堆積的霧氣一口氣全散了，隱藏的景象重新顯現。

小熊他們彷彿被釘住了步子。

沒看到什麼聳人聽聞的可怕魔物，只有一名高大男人從步道上方緩緩往下走。

他身披大氅，全身覆著鎧甲，手持長劍，容姿優雅清貴，任誰看了都會忍不住讚歎他的氣質與相貌。

魔物不見，但諾亞的警戒心升得更高，長劍堅定指向前，在這個地方出現任何人都是可疑的。

小熊呆然地張大嘴，隨著冷風灌進嘴內，她打了一個哆嗦。

這一抖，離家出走的神智也抖回來了。

小熊揉揉眼睛，再掐自己一把，會痛，而且面前的人也沒消失，不是幻覺。

所以眞的是……

「柯諾斯!?」

第4章

「終於找到妳了，主人。」

銀髮紅眼的英俊男人露出如釋重負的笑，緊繃的身軀肉眼可見地放鬆下來。

柯諾斯俐落收起長劍，眼裡只映出那抹小巧的亞麻色身影，對與人形小熊有著相同臉孔的諾亞視若無睹。

他氣勢驚人地向小熊快步走來，似乎難以容許雙方之間存在任何距離。

小熊卻是寒毛豎起，危險雷達瘋狂轉動。

柯諾斯這模樣她曾見過類似的……沒錯，就在貓咪咖啡店裡。

太久沒吸到貓的客人會產生禁斷症狀，再度上門時就像放出牢籠的老虎一樣，會立刻來個猛虎撲貓，抱緊小貓咪瘋狂吸吸吸。

小熊感覺自己就是那隻即將落入魔掌的小貓咪，等待她的將是令人髮指的各種蹂躪、各種花式吸法。

她會在諾亞面前喪失尊嚴！

甚至還會被諾亞誤會他們之間有著不正當、不健康，跟不健全的關係！

小熊不能允許這種事發生，她又沒眞的睡過柯諾斯，憑什麼揹負這種不白之冤？

在柯諾斯離自己只剩幾步之遙，她急忙大聲喊停。

「站住！你先站住！」

柯諾斯停住，以爲是自己斬殺魔物後，一身戾氣尚未完全收斂，才嚇住了小熊。

他平復心緒，揚起更溫柔的微笑，拿出一個小熊絕對不會錯認的東西。

「主人妳看，妳的玩具被我接住，它沒壞。當然妳要是已經不喜歡了，我們可以再去找新的。」

小熊捧著臉，興奮過度反倒讓尖叫哽在喉頭處，讓她無聲地啊啊啊。

她激動地直跺腳，這天大的好消息簡直要把她砸暈了。

手機！她的手機！

她的手機還活著！

她今天可以抽卡了啊啊啊啊啊！

小熊朝柯諾斯飛奔而去，滿心滿眼都是自己的手機。

「小熊！」諾亞大吃一驚，來不及拉住跑得飛快的小熊。隨後發生的一幕更是將他釘在原地，一時再無法有其他動作。

個子嬌小迷你的熊寶寶身周冒出白光，潔白的光輝立時將她吞噬。光芒來得快，消逝得也快。

小熊壓根沒留意自己身上的異狀，她只忽然感到身子一熱，視野高度接著發生改變。

突然產生劇烈變化的身體讓她一時重心不穩，幾乎踉蹌地往前撲。

她急忙用力向後仰，想平衡身體重心，但有一雙手卻攬上她的背，順勢將她往前一壓。

臉剛貼上柯諾斯冰涼的胸甲，小熊就像觸電般跳起，急忙往後退好幾步。

當然不是因爲被帥哥摟在懷裡而臉紅心跳。

而是怕被帥哥宰了，心從此再不用跳。

小熊可沒忘記，眼前這位可是發表過「變成人就殺了妳喔」的宣言。

就算在盧西恩男爵大宅地下練武場裡，柯諾斯沒真動手，但誰敢保證這一次不會。

「不能殺我，也不能碰我頭髮！」小熊慌張抱住腦袋，像朵蘑菇往下縮。

這動作不僅是立誓捍衛自己的頭髮，堅決不讓它們落入柯諾斯手中成爲人質，還要避免柯諾斯有任何意圖碰瓷的行爲。

小熊也不忘大聲主張自己的清白，「不是我碰你，是你碰我的！」

下一刻出現在視野內的臉讓小熊嚇一跳，沒想到柯諾斯會跟著蹲下。

「我不會碰妳頭髮，熊毛更好摸。」柯諾斯的唇角仍是翹著的。

小熊憑她的火眼金睛看出來，這嘴角弧度與面對她熊形時，足足少了四分之三。

噫，雙標那麼重，不如別笑算了！

從那笑容中，小熊微妙地感到自己被嫌棄，不過能保住頭髮安全最重要。

小熊相信柯諾斯。

畢竟這人一向只對她的熊形展現極端狂熱。

她放下抱頭的兩隻手，萬萬沒料到敵方會發動讓人猝不及防的突襲。

前一刻還說不會碰，這一刻竟快速往小熊腦袋用力一揉。

揉一把不夠，居然接連揉了好幾把。

小熊瞠圓眼，看見好幾根頭髮從眼前輕飄飄地落下。

那是克麗絲汀、蘇珊娜、海倫……還有更多來不及取名的頭髮ABC。

「你這個騙子！」小熊悲憤控訴。

要不是根本打不過，她一定要報復回去，讓柯諾斯也體會落髮之痛。

「你知道頭髮多難養嗎？你知道我多努力在為它們做頭皮按摩嗎？不，你什麼都不知道！你根本不懂早禿危機的痛！」

「這些日子的頭皮按摩都是我幫妳做的。」柯諾斯提醒。

小熊快速回想。

還眞如柯諾斯所說，離開西恩鎭後，都是他用梳子為她梳毛兼按摩。

小熊才不認輸，她使出強詞奪理大法，「那才不叫按摩，明明是貪我美色！」

「美色」兩字喊得震耳欲聾，也將諾亞震回神。

諾亞知道熊寶貝會變成人，可那也要愛意飆高才會發生。

想到小熊是在那男人露面後才變成人，諾亞就無法接受。

「你這傢伙是誰？想對我家寶寶做什麼？」諾亞一把拉起小熊，看見那張與自己一樣的臉，先是又驚又喜，接著猛然回神，趕忙將她帶到自己身後，像隻母雞捍衛在她身前。

「你的……寶寶？」柯諾斯嘴角仍噙著笑，可眼底溫度急遽凍結，「真奇怪，我怎麼不知道我的主人什麼時候變成別人的了？」

明明諾亞與小熊長著同一張臉，但柯諾斯卻怎麼都看不順眼。

同樣都是人形，小熊怎麼看就是格外不一樣。

格外地……讓人產生想觸摸、或是更進一步接觸的欲望。

「就說別叫寶寶了！」這暱稱讓小熊備感羞恥。

尤其她現在變回人形，一點也不想被一個和自己長得一樣的年輕弟弟這麼喊。

「當然只能是我家的。」諾亞強迫自己無視柯諾斯帶來的可怕壓迫感。

他寒毛豎立，危機感像針扎著他的腦門，可依舊強梗著脖子，怒視向柯諾斯。

兩人都沒動手，然而氣氛卻越來越劍拔弩張。

「都冷靜！」小熊從諾亞背後跑出來，擋在兩人之間，「你們都冷靜，別為我打起來！」

小熊眞沒想到，自己有一天也能說出這種偶像劇台詞。

兩男爭一女的情節本該讓她的少女心獲得滿足。

但前提得是一個男的不要跟自己長一樣，另一個男的則不要是變態絨毛控。

想到自己是被這兩人爭奪，心中的小鹿連跳都不想跳，直接趴下來裝死不動了。

小熊憂鬱地長嘆一口氣，為雙方做起簡單介紹。

「這是諾亞，很照顧我的人，我們正準備去找湖。然後這是柯諾斯，我的旅行同伴，因為禿嘎鳥把我捉走，我們倆才分散。」

說起自己被巨鳥抓走一事，小熊才想到一個被她遺忘的問題。

「柯諾斯，你是怎麼找來這裡的？難不成你也被禿嘎鳥抓來嗎？」

「不是，我是自己過來的。」柯諾斯舉起手背，上面短暫地浮現半枚花形印記，「靠著我們之間的契約感應。」

小熊驚奇地看看自己的手，原來契約還有這種功能嗎?跟手機定位挺像的。

「小熊，這男人太可疑了，妳確定他能信任嗎？」諾亞對柯諾斯仍舊抱持警惕態度。

剛剛霧裡可是有箇單就把熊章魚拖走的另一隻魔物，但霧一散，這個男人出現了，卻沒看到任何魔物。

「我把它們都殺了。」柯諾斯輕描淡寫地說。

「那麼短的時間？不可能！」諾亞不相信。

「那會很困難嗎？」柯諾斯像是由衷感到納悶。

諾亞被這簡短卻又像在炫耀的幾個字哽住話語。

小熊倒是不懷疑柯諾斯說的，在螢火大草原她就見識過對方身手，那麼多隻魔物，他一次就能全部解決。

「可以相信、可以相信！」小熊替柯諾斯擔保，「這一路上要是沒有他，我肯定連螢火大草原都沒辦法通過。」

柯諾斯幫了自己那麼多忙。

反觀她，靠著手機把人召喚出來，也沒付薪水，就要人陪自己去打邪神。怎麼看都像在白嫖人家。

爽是爽，可也挺心虛的，感覺自己成為黑心甲方的一分子。

有小熊拍胸脯保證，諾亞對柯諾斯的敵意總算退去。

他收起武器，恢復優雅的姿態，朝柯諾斯伸出手。

「剛剛冒犯了真不好意思，我只是太擔心小熊。她是我養大的，說是我的寶寶當然不為過。而且我們還長那麼像，就連上天都認同我們之間情如父女，你一定也能理解我的心情吧。」

「父女」兩字一出，柯諾斯眼中針對諾亞的冰冽霎時消融。他伸手與諾亞握了一下，笑容裡更多了幾分真心實意。

「當然，我完全能理解。秉持著尊重之意，也許我能跟主人一起喊你爸爸？」

「這樣好像有點怪……還是不要好了。」

小熊木然地站在一旁，本來想說些什麼，但想想還是放棄了。

感覺自己若介入這個話題，只會讓情況從複雜變成更難以理解。

她不想認爸，也不想跟柯諾斯一起喊人當爸。

她的正牌老爸要是知情，鐵定會跟她老媽來一對父母聯合雙打。

反正這兩位男性能化解干戈就好，過程多詭異小熊都不在意。

「柯諾斯，我的手機！」小熊迫不及待想把手機拿回來。

與手機分開的這一個早上，對她而言度日如年。

柯諾斯微微一笑，手伸高，讓小熊怎樣也碰不到。

小熊氣得想用熊掌拍他，但看了眼白嫩嫩的手指，才想起自己現在變回了人形。

「你幹嘛？把手機還我！」小熊奮力蹦跳，雙方的身高差讓她始終碰不到。

「我想知道……」柯諾斯溫聲地問，「妳這次會變身，也是因爲看到我太開心嗎？」

「當然……」不是。

看著柯諾斯的笑意，直覺讓小熊把後面兩字硬生生吞回去。

同時直覺也告訴她，要是讓柯諾斯知道她是看到失而復得的手機太激動，導致愛意澎湃，啓動變身機制，總覺得會發生什麼可怕的事。

誠實是種美德。

但有時候，人也要學會缺德。

小熊果斷當個缺德的人，「當然是你！」

手機那時是在柯諾斯手上，她對著手機激動，四捨五入也是對柯諾斯激動了。

沒錯，就是這樣，今天也是邏輯天才！

柯諾斯再次伸出手，小熊反射性抱頭護住自己寶貴的頭髮。

手卻是貼上她的臉，酒紅色的眼睛沉靜地與她對視。

不管柯諾斯總愛對熊形的自己做出多少令人髮指的行為，小熊也必須承認，這人真的長得太好看。

那臉那氣質那身材，就是得天獨厚。

面對美男的凝望，尤其那雙漂亮的眼睛只映出自己一人時，小熊的臉不自覺升起熱度，心中小鹿試探性地爬起來，想著是不是該賣力跳個幾下。

不料，那隻手竟出其不意地捏了小熊的臉頰一下，再大力搓揉一遍，好似那是個可塑性極高的麵團。

小熊腦內：？？？

柯諾斯的舉動太奇怪，小熊一時回不了神，傻站在他面前，忘記搶救自己軟嫩的臉頰。

而這一幕落在諾亞眼中，就像情人間的親密互動。

他差點又想衝上前去阻止。

但人是小熊自己選的，她都願意爲那男人變成人。

自己身爲好朋友跟照顧者，要是不識趣地一再阻礙，只會被她討厭。

諾亞深吸一口氣，捏著鼻子走到旁邊，給他們留點私人空間。

諾亞以爲那邊是在深情凝視，甜言蜜語。

但眞實情況是柯諾斯不客氣地把小熊的臉當麵團揉，揉完後還不忘發表感想。

「比起熊來，還是熊更好，但偶爾捏一下也是可以。」

小熊內心：？？？

哈囉，你把我的臉當成抒壓小物嗎？

柯諾斯放下手，嘴角翹起，「雖然我們之間的感情只是妳單方面，但也能感受到妳的努力呢，主人，我允許妳更喜歡我。」

小熊傻眼：？？？？？？

啥？誰喜歡誰？

誰單方面努力？

你要不要聽聽你在說什麼？

被迫單戀的小熊瞪大眼，心中的小鹿更是跳到一半就重重摔下，「啪噠」一聲倒在地面，有如一頭死鹿。

可惡，硬了硬了，全身上下有哪裡硬起來了。

沒錯，那是她的拳頭。

小熊舉起她硬硬的拳頭，想要表達她的不滿。

就看見本來微笑的柯諾斯壓平嘴角，清冷俊美的臉孔像戴上一層冰冷面具，爲他增添一抹凌厲的攻擊性。

小熊的拳頭登時軟了，只想摀著心口，大口大口地喘氣。

犯規犯規，擺出這張戳她性癖的表情，會讓她忍不住在腦補出各種色色的單人畫面。

「妳喜歡這樣？」柯諾斯若有所思地說。

小熊第一次變成人形、被自己審問時，他便留意到對方當下的眼神既惶恐又灼熱。

明明怕得不行，看向自己的那雙眼睛卻又直白熱情。

如果小熊知道柯諾斯在想什麼，一定會想大聲喊冤，她眼神熾熱是因爲她在腦補他的裸圖啊！

「妳喜歡我這樣看妳？」柯諾斯又問一次。

「我不是！我沒有！」小熊一個激靈，慌張否認，「造謠是犯法！」

性癖被幻想對象揭露是會社死的，她才不想被公開處刑。

她拳頭可以不硬，但嘴一定得硬到底。

小熊抬頭挺胸，嘴巴很有骨氣地抿得死緊。

然後在柯諾斯更加靠近自己、鼻尖幾乎要觸及自己之際，很沒骨氣地又軟了。

「對啦我超愛！」小熊自暴自棄地大聲說。

嗚嗚嗚，這麼一個戳她喜好的大帥哥要和她貼貼，她怎麼扛得住嘛！

柯諾斯嘴角又翹起，這下確定了。

她果然喜歡我喜歡得不行。

瞥見柯諾斯再度抬起手，小熊像被嚇出心理陰影，忙不迭摀住被揉捏得發紅的右臉。

下一瞬，柯諾斯把手機還給小熊，從容退開。

小熊摀著臉，一臉呆懵，眼睛瞠得圓滾滾。

剛剛，她的左臉有什麼軟軟的東西擦過去……是錯覺吧？是錯覺錯覺錯覺吧！

不知道什麼原因，小熊這次化成人形的時間更長了。

不像上一回在盧西恩男爵大宅，短短幾分鐘就從人變回熊。

變成人有好有壞。

好是行動更靈活，至於壞……

「啊啊啊啊啊啊啊！」

小熊其實更想大喊的是她受夠了，她都不知道今天一共慘叫了幾回。

但沒辦法，看到嚇人的魔物冷不防跳出，巴不得能像鬼片常見的套路一樣，與她來個貼臉殺，她的心臟實在承受不住。

具體表現方式只有放聲尖叫了。

「為什麼、為什麼一直來！一直來！來個不停！」小熊抱頭逃竄，不忘悲憤控訴。

他們正往湖泊方向前進。

只是打從他們的隊伍從雙人小組變成三人行，就像是打開某種開關，魔物層出不窮，前仆後繼。

通常都由柯諾斯解決大部分，諾亞負責一、兩隻，小熊只要逃就行。

小熊很想指責是柯諾斯帶衰，與他同行不久，魔物就來個不停。

但她心裡更明白，衰的人恐怕是自己。

在螢火大草原時，那邊的魔物就像聞到花香的蜜蜂，全都追著她不放。

而現在她變成人形，魔物出現的機率更是大幅度提升。

這種高機率，爲什麼就不能分點給她的抽卡手氣呢？

這次出現的魔物長得像大王魷魚，漫天觸鬚亂舞，像鞭子不停攻擊向諾亞和柯諾斯。

爲了不扯後腿，魔物一露出，小熊馬上很有自知之明地找地方躲藏。

大王魷魚的觸鬚堅硬如金屬，與諾亞、柯諾斯的武器交擊，發出尖銳的聲響。

小熊縮下肩頭，努力把自己藏得更隱密。

沒多久，柯諾斯就像嫌諾亞礙事，一腳把他踹離戰圈，由自己獨力應付那隻活像魷魚的魔物。

「唔呃！」諾亞狼狽跌在地上，悶哼一聲，灰頭土臉地爬起來。

看著那張和自己相同的臉，小熊彷彿感同身受，忍不住也嘶了一聲。

聽到聲音，諾亞抬起頭，揮手要小熊躲好一點。

「你也過來啊！」小熊朝他招著手。

兩人一陣推拒，接著雙雙停住動作，一塊扭頭往同一方向望去。

沙沙聲和粗重的喘氣聲從另一端傳來。

熟悉的聲音，令兩人不禁倒吸一口氣。

隨著沙沙聲和喘氣聲的主人出現，他們的吸氣聲變得更大。

又一隻魔物緩緩而來。

單從輪廓來看，就像一隻大章魚，有著又圓又大的腦袋，底下還有多隻粗大的腕足。

然而那隻章魚的臉卻是一張覆滿熊毛、給人猙獰印象的熊臉。

小熊現在終於知道熊章魚長怎樣了。

「小熊妳躲好，別出來！」往小熊扔下叮嚀，諾亞提劍主動迎上那隻熊章魚。

看著左魷魚、右章魚，小熊抓著小蘇娃娃，心急如焚地低嚷。

「小蘇妳說，妳手機裡爲什麼要存章魚大戰大王魷魚的漫畫？要是不存，我就不會想到，就不會達成如此完美的插旗效果！怎麼辦怎麼辦？我要怎麼才能幫上忙？我包包裡現在只有一堆……」

「鬃刷」兩字被吞回去，小熊福至心靈地「啊」了一聲，聲音沒忘記壓得低低的。

鬚刷一堆，但今天的道具還沒來得及抽啊！

「小蘇妳果然是我的好麻吉，總是能爲我帶來開示！」

小熊以最快速度點按手機，切到每日道具的頁面，抓著小蘇娃娃的手往大輪盤一按，那股氣勢如同強迫人摁下指印。

「快爲我將功贖罪，抽出一個好東西吧！」

轉盤停下，紅箭頭指向其中一格，馬賽克從格子上淡去。

畫面裡跳出一本書。

書很快轉爲實體浮在手機上，小熊一碰，腦中立即出現說明文字。

道具：書。

作用：這是一本書，書名叫作《摸摸你的良心》，把書砸向目標，就能讓目標的心感到疼痛。

小熊沉默看了小蘇娃娃一眼。

她懷疑心之友在臭她，但她沒有證據。

無論是偶然還是冥冥中有股神奇力量在作祟，才會抽到這個道具，小熊抓下書，探頭查看外邊動靜。

柯諾斯已把大王魷魚的觸鬚削得一根也不剩，估計再一劍就能送它上路，而諾亞似乎陷入了苦戰。

小熊當下做出決定，將小蘇娃娃和手機往包裡一塞，抓著書毅然跑出藏身點，揚聲大喊，「諾亞你蹲下！」

諾亞反射性矮下身子。

小熊用盡力氣把藍色書皮的書砸向熊章魚，正中那張熊臉。道具發生效用。

本來氣勢洶洶的熊章魚突然身子抽搐，舉起一根腕足，按在疑似胸口的地方，嘴裡發出痛苦的喘息聲。

諾亞沒錯過這個機會，一劍深深插入熊章魚的腦袋。

熊章魚僵住身體，隨後潰散為大片白光，連屍體都沒有留下。

就連諾亞本該沾滿血液的長劍劍身也變得乾乾淨淨，不染一絲塵埃。

第一次見到這幅光景，小熊大吃一驚，旋即反應過來。

爛漫星光之戀，一個適合十二歲以上兒童遊玩的乙女向遊戲。

「呼呼呼……」解決了熊章魚，諾亞喘著氣，不忘向小熊道謝，「謝謝妳，小熊，多虧妳丟的……」

諾亞一頓，方才沒仔細看，只知道是個藍藍的東西凌空飛來，正中熊章魚的臉。

「那個不重要。」小熊含糊帶過神奇道具，她更想弄清楚另一件事，「為什麼會有這種像章魚跟魷魚的魔物？這裡是山上吧，這裡明明是山吧！」

諾亞認真思索一會，「可能是有湖的關係吧，那兩種都是水生魔物，會出現也很正常。」

小熊注意到柯諾斯解決完大王魷魚、收起了武器，但不知為何仍站在原地不動。

「柯諾斯，怎麼了？」小熊不解地問，「你怎麼不過來？」

「那邊有棵啵啵樹，我不想靠太近。」柯諾斯平靜地說，「而且妳剛竟然爲他跑出來了。」

「啊？」小熊一頭霧水，不明白這兩句話有什麼關聯性。

還有那個啵啵樹是什麼？聽起來也太童趣了吧。

「啵啵樹！」諾亞顯然聽過這名字，當即變了臉色。他抬頭張望，當視線觸及他們上方的果實時，連忙想拉著小熊退離。

然而一切都太晚了。

垂在他們頭上、猶如串串大葡萄的果實，瞬間破裂。

「啵啵啵」的聲音此起彼落。

果皮從底部裂開，大量汁水往下澆淋。

就在攻擊範圍內的小熊和諾亞直接被淋成落湯雞，頭髮和上半身都濕漉漉、黏答答的。

小熊呆愣地站在原地，黏黏的果汁從她髮梢和衣服滴落，那張可愛的臉蛋也染上一層黏糊。

等她意會過來發生什麼事，她果斷衝向柯諾斯，要把身上的黏液也糊到對方身上。

可惜始終近不了柯諾斯的身，只能狂怒地放出自認最狠的狠話。

「你完了！等我變回熊，別說肚子，爪子你也別想吸！全身都不讓你吸！」

柯諾斯決定不指出這話有漏洞。

變回熊不給吸，意思是還是人的時候怎麼吸都可以嗎？

柯諾斯的視線不自覺停留在那圓圓的眼睛、挺翹的鼻頭、嫩紅的嘴唇，還有不管哪一處好像都很柔軟的身體。

一雙紅瞳不自覺變得深暗。

最末柯諾斯的視線落至那些滴滴答答墜落的黏液上。

他不假思索地往後退一大步，「主人，妳聞起來很臭。」

「這都是誰害的啊！」小熊要被柯諾斯氣死了，也快被自己熏死了。

啵啵樹的汁液不僅黏稠，還有一股難以言喻的味道，小熊感覺自己像在垃圾場裡滾了一圈。

諾亞臉孔扭曲，同樣難以接受自己身上散發異味。

狼狽不堪的兩人只想盡快找到水源，把自己弄乾淨。

諾亞來過這裡多次，立刻調動腦中地圖，告訴小熊一個好消息。

「我們就快到湖邊了！」

小熊鬆口氣。

他們本來就在尋找湖泊，爲了觸發劇情，好獲得打倒邪神的下一步線索。

如今聽到目的地已經不遠，小熊自然開心。

當然更重要的是……

「嗚嗚嗚，我們快點過去，這黏黏的感覺太噁心了吧……」小熊哭喪著臉，手都不知道該怎麼擺。

她忍不住又怒氣沖沖，回頭瞪了知情不報者一眼。

她不知道自己現在這模樣，套上柯諾斯萌生的欲望濾鏡，在他眼中也能自動轉換成張牙舞爪的熊寶寶。

「眞可愛。」他毫不愧疚地低笑一聲，信步跟在後面。

步子看似不大，卻能一直維持雙方之間的距離，確保小熊不會消失在他的視線之外。

小熊三人很快找到諾亞說的湖泊。

路上還能看到指示方向的木頭路牌，大大的箭頭直指一條往森林中岔出的小徑。

幸好在尋找湖泊的一路上沒再碰到魔物。

小熊合理懷疑，是因爲自己太臭，聞起來不再像唐僧肉，而是隔夜飯，才把它們全都熏跑了。

湖泊面積不大，周遭林立不少像是落羽松的樹木。

湖面靜謐，倒映著層層疊疊的樹影，湖水更是被日光映得閃閃發亮。

小熊快被自己臭死了，前方的湖水在她看來已不只是湖水。

那分明是電、是光，是唯一的神話！

放眼望去沒有看見任何魔物，小熊放下心，立刻由走變成小跑步，再變成飛奔。

「水啊啊啊啊啊！」小熊舉高雙臂，從頭到腳散發著激動。

起。

諾亞比較含蓄，不像小熊興奮地大聲嚷嚷，但奔跑的速度也沒慢下。

兩人一下就跑到湖邊，正準備蹲下身沖洗雙手，一道迫切女聲冷不防從背後響起。

「你們別靠近湖！那邊現在不適合過去！」

小熊他們一愣，動作頓下，齊齊轉過頭。

一名褐髮女人坐在樹下，她有一張圓圓的臉，長髮綁成多條細細的辮子。旁邊有矮樹叢遮擋，所以小熊他們跑出森林時才沒發現另一側有人。

女人腿上蓋著一大塊白色布料，由動作判斷，像是在縫補那塊布。

見他們還蹲在湖泊前，褐髮女人臉上的表情更爲緊張，抓著布起身，高聲催促：「還蹲在那裡幹嘛？快點離開呀！」

諾亞仍是遲疑，小熊已當機立斷拉著人往後退，不管啵啵樹的果汁還黏在身上。

小熊看過不少恐怖片。

而恐怖片時常都這樣演。

到了陌生地方，若出現陌生人發出警告，那就是重要ＮＰＣ在給關鍵訊息。

要是不聽，就會被鬼或怪物咔嚓掉。

小熊向來惜命，退開速度極快，與她抽卡時的速度有得拚。

諾亞雖然滿心疑惑但也很配合。

不管怎麼想，小熊都覺得他們一定能順利存活，偏偏腳下無來由地一滑。

前一刻乾爽的地面，這一刻就像長滿苔蘚一樣，滑得讓人難以穩住身體。

小熊目瞪口呆，控制不住平衡，整個人被迫做出向後仰的姿勢。

「小心！」褐髮女人下意識跟著跑向前。

與此同時，誰也沒留意到地上有無數暗影朝小熊疾速前進，源頭來自柯諾斯腳下。

只要再一秒，暗影就會捲住小熊的腳，爲她穩住重心。

只要再一秒，小熊就會發出大大的喘氣聲，露出劫後餘生的誇張表情。

只要再一秒，小熊就會習慣性地往他的方向跑。

柯諾斯確信三秒已經足夠。

可就在暗影即將觸及小熊腳踝的前一秒，湖水驟然冒出一股巨大吸力，轉眼就把離湖岸最近的兩人吸了進去。

小熊和諾亞消失無蹤。

三秒過去，等在柯諾斯面前的，唯有一片空空蕩蕩。

倒映樹影的湖水波光粼粼，一圈圈漣漪朝外擴散，證明不久前確實有什麼落入湖裡。

褐髮女人似乎被這場驟變驚住，呆在原地幾秒，隨後跺跺腳，連抓在手上的白布都不管了，又急又怒地往前跑。

「啊啊！果然還是該設個警告立牌的！」

蜜莉恩發出懊悔的呻吟，邁步如飛，像是怕自己動作一慢，會發生無法挽回的後果。

她離湖水只剩數步，可她驀地硬生生煞住腳步，圓臉滿是驚疑。

原先空無一人的湖岸平空多出一道人影，彷彿一開始就站在那。

但蜜莉恩很確定，先前那裡什麼都沒有。

這人是怎麼出現的？

蜜莉恩反射性摸向隨身攜帶的短刀。

下一瞬，草地上出現大片黑影，彷彿大團雲朵正好從此處空中經過。

但天空一片湛藍，只有薄薄淺淺的雲絮點綴其上。

一股戰慄竄上蜜莉恩腦門，她感覺自己像被切割成兩半。

一半急急催促自己快點去湖裡撈人，一半像被無以名狀的恐怖注視，連一步也抬不起來。

蜜莉恩一時只剩眼珠能自由轉動，她看見草地上的暗影仍在往外擴張，彷彿要吞噬周遭一帶。

暗影的中心點是那個忽然出現在湖前的男人。

高大、俊美，一身銀白鎧甲。

明明氣質聖潔，一雙紅眼卻深暗如漩渦，與他身下的黑影都散發著不祥的氣息。

「湖裡有什麼？」

落在蜜莉恩耳畔的嗓音如同來自深淵，她雙腿一軟，跌坐在草地上。

「有……有……」冷汗浸濕蜜莉恩的後背。

全身上下都在發出強烈警告，在「這個」面前，絕對不能說出任何一句謊話。

她顫顫地擠出答案。

「……有我老公。」

落水的滋味不好受。

原本應該如此。

但小熊墜入湖裡，就像跌入一團柔軟還帶有彈性的果凍，身體順勢被彈得震晃幾下。

隨後她發現自己明明在湖中，全身卻沒有弄濕，乾爽無比。

而且……還漂浮在水中，沒有直直往湖下墜落！

小熊大呼不可思議，迷茫地觀察眼下處境。

她似乎是被一顆泡泡包裹住，泡泡的水膜有點厚，但仍剔透得可以看見周邊充滿湖水。

還有小魚好奇地在泡泡外與她對視。

但不到片刻，小熊便無暇與那隻魚大眼瞪小眼。

泡泡是封閉的，裡頭灌滿氧氣，外邊的水進不來。

這同時也說明一件事。

小熊身上的臭味同樣散發不出去。

她一臉痛苦，感覺自己再關在裡面，都要被味道醃漬入味了。

小熊捏住鼻子，強忍不適，在水裡東張西望，想要找到諾亞的身影。

隔著幽藍的湖水，她看見另一顆泡泡。

泡泡裡的銀髮少年一對上她的目光，即刻激動地比著下方。

下面有什麼？

小熊好奇地低頭一看，一時連鼻子都忘記捏。她張大嘴，居然看見一名銀髮女人漂浮在他們底下。

從小熊的角度看不清對方的臉，只看見髮絲和裙襬像水草般飄逸擺晃。

下一刹那，銀髮女人快速往上游動，包裹住小熊和諾亞的兩顆泡泡也一併上升。
伴隨著「嘩啦」的破水聲，小熊和諾亞脫離湖泊，飄浮在半空中。
小熊看到柯諾斯與那名褐髮女人站在湖岸。
「柯諾斯！」小熊連忙朝柯諾斯揮手。
手剛舉起，小熊就愣住了，那是隻毛茸茸的熊掌。
她變回熊了？
更詭異的是，柯諾斯的視線並沒有朝她投來。
小熊即刻意會到，柯諾斯看不到他們，湖上可能有什麼障眼法。
畢竟她可是變回熊了！
柯諾斯忽視什麼都不可能忽視一隻可愛的熊寶寶！
小熊心裡著急，一急就想掏出她的心之友尋求安心，但覆在熊掌上的黏液讓她動作一頓。
如果她這時候掏出小蘇娃娃四號。
小蘇它……小蘇它就髒了啊！

猶豫三秒，小熊行雲流水地掏出娃娃，中間不帶一絲停頓。

想什麼呢？好朋友就是要一起髒的嘛，哪能讓小蘇獨善其身。

小蘇娃娃剛掏出來，泡泡隨即破裂，化成一灘水從頭頂澆下。

小熊閉上眼睛甩甩水珠，心裡鬆口氣。感謝老天，終於沒那麼臭了。

可接著她驚覺這口氣鬆得太早。

小熊瞳孔地震，不敢置信地看著自己的手，鬈曲的毛髮從亞麻色變成金黃色。

她變成一隻金光閃閃的金熊了！

連帶手中的小蘇娃娃也被鍍上一層金黃。

就算沒有鏡子可照，小熊也知道有四個字最符合她和小蘇娃娃現下的寫照。

尊、爵、不、凡！

像是猛然想到什麼，小熊飛也似地轉頭看向旁側。

銀髮女人浮立空中，裙襬和髮絲依舊飄逸，臉也仍然被光輝籠罩，看不見五官。

而在女人的另一側，銀髮少年不知何時消失，飄浮在原處的是一隻銀色熊寶寶。

從銀熊生動的驚惶表情來看，是諾亞變的無誤。

諾亞是銀熊，自己是金熊……難道說，那個金熊銀熊的劇情被觸發了!?

小熊低頭看看自己，看看諾亞，再看向自己，張開的熊掌上驀地閃過重重殘影。

小熊還以爲自己眼花，反射性揉眼，一揉就發出慘叫。

她忘了自己的手又黏又臭啊！

小熊火速將小蘇娃娃的臉當手帕，蹭了蹭後才總算好過一點。

又一道模糊影子從小熊掌中浮出，飛快向她的右後側飛去。

她追著那道影子向後看，看見一隻隻熊寶寶的虛影浮在空中，轉眼凝固爲實體。

每隻熊寶寶的外觀都與小熊一樣，連紅斗篷、小包包，以及小蘇娃娃四號都沒落下。

唯有毛髮顏色帶著些許不同。

白金、粉金、淺金、奶油金、灰金、玫瑰金……金色系的熊寶寶一字排開，看得小熊目瞪口呆。

這比她夢到的場景還扯啊。

小熊連忙再往諾亞看去，那裡也有一排銀色系熊寶寶排在空中。

諾亞整隻熊都傻了，熊臉呆然，連眼睛都忘記怎麼眨。

就在這時，銀髮女人悠悠開口，彷彿自帶立體環繞效果的嗓音迴盪在湖邊。

「吾乃湖中女神，旅行者啊，請問你掉的是金色小熊還是銀色小熊？」

當那道悅耳，但比小熊想象中低沉粗獷的聲音一出現，湖上的障眼法立即散去，柯諾斯的目光瞬時轉了過來。

接著小熊看見那雙漂亮的眼睛裡充滿震撼。

小熊想要表明自己的位置，但聲音和身體突然不受控制，只能被迫混在數十隻熊寶寶間。

小熊無來由一陣緊張，她發誓要是柯諾斯下一秒敢露出像是看見天堂的眼神，她就……

就不跟他第二好了！

第一好當然是跟她的心之友小蘇。

當然，如果他選錯，她也絕對不跟他好了！

柯諾斯眼中震撼很快消散。

他沒有流露看見絨毛天堂的喜悅，也沒有把其他熊寶寶錯當小熊。

他做出眾人（熊）始料未及的舉動。

說時遲、那時快，柯諾斯快如閃電地凌空一躍。

他伸出了手，卻沒有選擇任何一隻熊，包括小熊在內。

不待小熊覺得自己像吃下一顆酸檸檬，那隻手攥握成拳，迅猛朝湖中女神的臉砸上去。

「老公！」陸地上的蜜莉恩放聲尖叫。

啥啥啥？誰是誰老公？小熊大吃一驚，完全跟不上發展速度。

她明明只落湖短短片刻，怎麼一上來像漏了十集劇沒追。

小熊全身不能動，但眼珠子還可以轉。

她拚命轉動眼球，無論如何都不想錯過高潮迭起的直播現場，心裡甚至忍不住跟著慷慨激昂地播報。

漂亮！柯諾斯一拳打碎湖中女神臉上的光。

光芒像玻璃破碎，露出底下的眞面目。

湖中女神，不，銀髮男人的五官因爲那拳而被擠壓變形，斜眼歪嘴，暫時看不出美醜。

銀髮男人被那拳打得倒飛出去了，但馬上又被柯諾斯抓住領子。

柯諾斯輕鬆把他拎起，接著像投擲沙包一樣，重重往下扔。

隨著男人像破布娃娃摔在湖岸，飄浮在半空的熊寶寶也全數消失。

小熊才剛發現自己能動，失重感轉瞬襲來。

「嘎啊——」她發出破音慘叫，不忘緊抓小蘇娃娃，雙眼下意識緊閉，等著再度落水。

她聽見旁邊傳來「撲通」的落水聲，卻遲遲沒等到自己的。

小熊僵著身體，戰戰兢兢地掀開一隻眼，再掀開一隻眼。

她沒掉入湖裡，她被柯諾斯打横抱住。

就是……眼下的這個公主抱似乎有點怪。

小熊撐起腦袋觀察，恍然大悟。

由於她現在是熊形，這姿勢與其說是公主抱，更像柯諾斯捧著貢品，準備把她上頁。

附帶一提，她的熊毛又變回原本的亞麻色，不再是尊爵不凡的小熊PLUS。

柯諾斯抱著小熊回到岸上。

湖裡傳出嘩啦水聲，恢復人形的諾亞賣力游泳，很快也從湖裡爬上來。

諾亞甩去頭髮上的水珠，又擰乾吸滿水的衣角，「小熊妳沒事吧？」

「我沒事！」小熊想從柯諾斯懷抱滑下，卻被他單手緊緊扣住。

她像條魚不停扭動，就是掙脫不開柯諾斯的魔掌。

一片陰影忽地從上罩下。

小熊還沒意會過來那是什麼，就被柯諾斯用大氅蓋住腦袋。

深色的布料將她飛速擦過一遍，吸去大多水分，才讓她重見光明。

感覺自己重新變回乾爽的熊寶寶，小熊仰起頭，和那雙紅眸對視半晌。

接著她雙手一攤，做出一個躺平隨意的動作。

柯諾斯用最快速度抱起小熊，將臉深深埋入她的肚皮裡，柔軟的鬈毛貼上他的臉頰。

「只吸一次，只准吸一次！」小熊強硬放話，這都是看在柯諾斯沒認錯熊的份上。

但她可沒忘記這人之前還故意看她笑話。

啵啵樹的仇恨可是還沒從她心中的記事本劃去。

「等等，你會不會吸太久了……噫啊啊！你吸哪裡啊你這變態！」

湖畔響起小熊慘叫的同時，另一道哀戚喊聲也跟著加入。

「老公？老公？你別死啊！」蜜莉恩驚慌失措地推晃丈夫，「我新娘禮服都快縫好了，你死了誰來穿啊！」

被柯諾斯扔下的銀髮男人癱倒不動，雙目緊閉，被外力打得歪斜的五官回復原位。

大片瘀青迅速佔滿臉龐，可以看出那是一張端正的臉。

長長的假髮滑落，露出裡頭短短的銀髮，像炸開的鳥羽，顯得蓬蓬鬆鬆。

見丈夫好一會都沒反應，蜜莉恩更加傷心欲絕。

她拔起身邊的野花，扯著花瓣。

「死了、沒死、死了、沒死……」

最後僅剩一片花瓣孤伶伶地留在上面。

蜜莉恩抽噎一聲，「親愛的文森，既然你死了，那我就把你再推入湖裡吧……」

「太太妳冷靜點啊！」小熊奮力擺脫柯諾斯慘無熊道的對待，急忙阻止蜜莉恩。

她從方才就覺得這對夫妻有些眼熟，「文森」兩字更是觸動她的記憶。

電光石火間，她想起來了。

銀髮男人和褐髮女人，蜜莉恩和文森。

勇者小隊的成員！

所以地圖才會指引她來到深淵之谷，觸發金熊銀熊的劇情……

因為勇者之劍的線索，很可能就在他們身上！

第6章

感謝老天，蜜莉恩沒眞的把她老公推入湖裡。

就在小熊高聲制止的刹那，躺在地上的男人張嘴猛吸一口氣，雙眼緊跟著睜開。

「老公！」蜜莉恩又驚又喜，還沒等文森坐起便激動地撲向他。

「怎麼了……」文森迷茫地摟住蜜莉恩，雙眼一時還未恢復焦距，渙散地望著天空，「我好像夢到我被人打了……」

「老公，那不是夢！」蜜莉恩使勁將人一把拉起，再捧著文森的臉，轉向面對小熊他們。

文森努力集中焦距，一雙眼睛瞇成細線。

「就跟你說了，不要什麼都想拖進湖裡。」蜜莉恩板起圓臉，「你看，終於被人揍了吧。你要是眞出事我該怎麼辦？我新縫的衣服不就浪費了嗎？」

「我也不是故意，就是控制不住……」文森的視線停在柯諾斯臉上，他揉揉眼，瞇細的眼陡然睜大。

那頭銀髮還有那雙紅眼睛！

「老婆，妳什麼時候生了那麼大的兒子！」

小熊正在啃晶露球，聞言差點哽到。

她猛力拍打胸口，控制不住地發出一陣驚天動地的咳嗽。

柯諾斯彷彿沒聽見文森的驚人發言，拿出摺疊整齊的手帕，為小熊擦著嘴角。

蜜莉恩驚悚地瞥了柯諾斯身下一眼，發現他的影子沒出現異狀後鬆口氣，再重重打上丈夫肩頭。

「你在說什麼傻話？最好我一天就能生！」

還是把這個老公推入湖裡好了，省得他淨說胡話。

文森很委屈，「他頭髮像我，眼睛像妳。」

「該不會你真的是他們的兒子？」諾亞也不禁往三人來回巡視，「從年紀來算，的確有可能。」

小熊一頭問號，文森和蜜莉恩的年紀看起來跟柯諾斯差不多，諾亞是怎麼得出這個結論……啊！

小熊恍然大悟，「諾亞，你難道知道他們兩個是誰嗎？」

如果不是知道文森他們的眞實年紀，諾亞也不會得出那個猜測。

「他們是文森和蜜莉恩。」諾亞果然點頭，「勇者小隊的成員，我小時候見過他們。聽說他們是混血，比我們人類老得慢，外表眞的沒什麼變呢。」

見自己的名字和來歷被道出，文森和蜜莉恩驚訝地轉過頭。

文森已完全回過神，不再將柯諾斯誤當自己兒子。

他逐一望向三人，對柯諾斯和諾亞沒有印象，最後緊緊盯住小熊。

「老婆，妳看她是不是有些眼熟？」

「你別把別人也當成自己女兒了。」蜜莉恩以爲丈夫還沒清醒，她看向小熊，

接著也「咦」了好大一聲。

蜜莉恩看一眼，再看一眼。

眞的越看越眼熟，繼續多看一眼。

「啊！」蜜莉恩想起自己曾在哪見過這張臉，「妳和王后長得好像！」

「王后不是已經過世了……」文森猛然反應過來，「妳該不會是……公主殿下！」

真正的「公主」其實在旁邊，小熊一時有些茫然地看向諾亞。

諾亞果斷替她回答，「對，她就是殿下，亞倫泰王國唯一的公主！」

諾亞不在意公主身分被轉移到別人身上。

當初是他自己做出選擇的。

嚴格來說，小熊反而是被自己連累。明明是年幼弱小的熊寶貝，卻得扛起艱辛的責任。

都怪那個神，好好的猛男不挑，偏挑了他的寶寶！

「那這兩位又是……」文森看著另外兩人。

「他是諾亞，他是柯諾斯。」小熊簡單介紹，「他們是我的同伴。」

「我還是寶寶的……我是說小熊殿下的騎士與照顧者。」諾亞極爲自豪地說起這層身分。

「沒錯。」柯諾斯認同諾亞的說法，並且做出補充，「所以我和主人實際上可以喊他爸……」

「你說的很好，下次不要再說了！」小熊眼疾手快地摀住柯諾斯的嘴。

「你們的關係……」文森和蜜莉恩吃驚地望著三人，「眞是複雜啊。」

小熊怒視柯諾斯一眼，深感自己名聲被毀。

當事人似乎毫無反省之意，還反握著那隻熊掌往自己嘴唇一貼，趁機享受肉墊的魅力。

小熊一抖，飛也似地抽回手，跳離柯諾斯一大步。

「總之能在這碰到你們眞是太好了，我正在找你們。」

小熊頓了頓，再也憋不住滿腔困惑。

「不過我有個問題想問……文森先生你爲什麼要扮成湖中女神，還把我跟諾亞拖進去呢？」

說起文森爲何做出那種在別人眼中匪夷所思的行爲，包括但不限於穿女裝戴假髮、躺在湖裡、把靠近湖泊的人拉進去……

老實說，小熊都覺得最後一個根本像是水鬼拉人。

她差點以爲要被抓交替了。

要解釋清楚得花點時間，因此文森夫婦邀請幾人到他們目前的棲身之地。

走往湖邊森林的另一條小徑，不久後來到一間小木屋。

木屋外觀雖然簡陋，但沒有哪邊遭到毀壞。

諾亞一看就知道，「這是巡山木屋，森管局會定時派人進來園區巡邏，這種小木屋就是讓他們休息用的。」

「不好意思，先讓我換個衣服。」文森先進屋內，再出來時重新換了一套衣物。

現在的他，看起來就跟小熊在書上看見的人像一樣。

身材高瘦，頭髮像炸開的鳥羽，領口鬆垮，褲管只捲起一邊，給人不修邊幅的印象。

小屋裡沒什麼家具，一張硬板床就佔去一半的空間，地上零散擺著一些雜物。

牆邊還有幾個包包，那是文森夫婦的行李。

蜜莉恩把床板讓給小熊他們，自己和文森席地而坐。

「我想看看……該怎麼說呢？」文森撓著頭髮，銀髮炸得更加蓬鬆，「殿下妳或許曾從國王陛下那邊聽說過，勇者小隊只有我跟蜜莉恩是混血。」

小熊點頭。

她其實是從盧西恩男爵那聽說的，但反正結果一樣。

「我是矮人跟人類混血，從外表上看不太出來，不過我繼承了矮人的好手藝，特別擅長製作各種小東西。」

蜜莉恩嘴上說著話，手上動作也沒停下，繼續縫起她從半路撿回的布料。

小熊才知道那是一件新娘禮服的半成品。

給文森下次COS湖中女神時穿的。

他的女裝都是由蜜莉恩親手縫製。

「至於我，我的血統比較奇妙……」文森像是有點困擾地嘆口氣，「我的祖先是湖中女神，這血統會增加一些幸運值，但是……」

湖中女神和人類結婚生子，她的後代又誕下後代，一代代下來，到文森已不知道是第幾代了。

但唯一能肯定的是，他同樣繼承了湖中女神的血脈。

不管多麼稀薄，只要體內仍有女神血脈，有些事就會伴隨一生。

「我的祖先，那位女神大人……」文森的眉毛垂成八字形，讓端正的面貌變成一張苦瓜臉，「她喜歡測試人是否誠實。」

熟悉金銀斧頭故事的小熊立刻明白過來。

但顯然這世界有湖中女神，卻沒有相關傳說流傳，諾亞面露不解。

文森揉揉自己臉頰，「這就要從一個和樵夫有關的故事說起了。」

很久以前，久到文森也不知道具體時間……有一天，一位樵夫經過女神所待的湖泊，不小心將自己的斧頭遺落至湖裡。

女神從湖裡露面，手上浮著兩把斧頭，一把是金子做的，一把是銀子做的。

她詢問樵夫，他掉落的是哪一把？

樵夫是個老實人，他說兩個都不是，他遺失的是一把鐵斧頭。

女神被他的誠實感動，除了還他斧頭，另外還贈送了金銀斧頭。

女神覺得測試人的誠實很有趣，熱衷繼續這樣的行爲。

但不是一天到晚都有人把東西掉入湖裡。

女神決定化被動爲主動，只要有人走近湖泊，身上的某個物品就會被強行吸入湖裡。

然後女神就能閃耀登場。

小熊……這不叫湖中女神，分明是湖中強盜！

「我們祖先的這份異常熱衷被刻進血脈裡，所以我們這些後代子孫也擁有同樣的愛好。」

「不做不行嗎？」諾亞納悶地問。

「身體控制不了。」文森憂愁地嘆口氣，「我已經算好了，畢竟經過那麼多代，血脈也淡了，大概半年會發作一次。聽說在我曾爺爺那代，一個月都得去湖裡躺一次。」

「假髮和女裝……該不會都是必要道具？」小熊想到文森不久前的盛裝。

文森仍是一副哀怨的苦瓜臉，「我們祖先很重視女神該有的威嚴，害得我們每次躺進湖裡，也得先扮成符合女神的模樣。要不是有我老婆幫忙，我還真不知道該怎麼辦才好。」

他一個大男人，哪懂得怎麼打理髮型、搭配衣服。

「我玩得很愉快啊。」蜜莉恩笑容滿面地說，「我最喜歡手工藝了，下次老公你就能穿上我新做的新娘禮服啦。不過你這次居然把殿下拖入湖裡，眞的是嚇死我了。」

蜜莉恩這麼說的時候，偷覷了柯諾斯一眼。

銀髮男人垂著眼，專心看著小熊，嘴角微含笑意。

與他先前在湖岸散發恐怖氣勢的模樣簡直有天壤之別。

「我也不是故意……」文森忍不住爲自己喊冤，「是血脈讓我的身體這麼做的，我哪知道會把殿下和她的朋友一起吸進去。」

那些行爲都是被動做出，不受他意志掌控。

要是他能控制，他也不會又是戴假髮，又是穿裙子，跑到湖裡躺著裝女神。

小熊對一件事很好奇，「如果柯諾斯那時候選中我，那些金色熊和銀色熊也都會送給他嗎？」

「當然不會。」文森被逗笑，「殿下以爲那些都是眞的嗎？其實都是障眼法，只是幻影。就算選錯了，最後還是會把殿下跟妳那位朋友送回岸上。只是我沒想到，妳的騎士……」

哪隻熊都沒選，而是選擇痛揍他這位「湖中女神」。

文森嘶了一口氣，摸著青腫未退的臉龐，彷彿再次體會重拳砸上來的疼痛。

回想起當時情況，小熊深深感受到是自己格局太小了。

柯諾斯用行動向所有人表示，面對問題時，與其想著怎麼解決，不如直接解決提出問題的人。

文森問道：「對了，殿下你們怎麼會來到這裡？」

蜜莉恩說：「是啊，這裡是深淵之谷，有很多狂化的魔物出沒，殿下來這實在太危險了。」

從文森和蜜莉恩的反應來看，他們也不知道邪神指定公主必須自動送上門當祭品的事。

「我是爲了尋找勇者之劍。」小熊把收在雙肩包裡的羊皮紙拿出來，「大祭司的預言裡提到這把劍，它在百年前能打倒邪神，應該也能對現在這個邪神發揮效果。」

小熊攤開羊皮紙，毫不意外看見其他人露出錯愕的表情。

這卷羊皮紙真的太長長長了……

諾亞因為自我意志覺醒，知道大致劇情走向——公主將靠著聰明與勇氣打倒邪神。

但這也是他頭一回見到大祭司的預言。

他和文森夫婦湊在一塊，快速看著紙上的記載。

前段是關於勇者小隊打倒第一任邪神的事蹟。

這些諾亞都知道，他一目十行地掃過去，在最後一段找到預言的內容。

破壞的邪神降臨。

陰影朝四面擴散。

詛咒的力量如海嘯侵襲。

唯有英勇的亞倫泰之女，不畏黑暗威脅。

在幽暗狹路中毅然前行。

她將遵循勇者足跡，取得勇者之劍。

百年前戰役結束，勇者之劍化作星光之柄，以及……

虹彩之刃。

諾亞一愣，「就這樣？」

「對，就這樣。」小熊有氣無力地說。

諾亞他們現在看的是完整版預言，她當初拿到的羊皮紙可不完整。

就像連載到一半，突然斷更的小說。

好不容易順利拿到星光之柄，才解鎖了後續。

結果……

結果後面只有一行字。

虹彩之刃。

與前面的句子連接起來，就是「收集星光之柄，以及虹彩之刃」。

然後就什麼也沒有了。

就這麼短短幾個字，爲什麼還要搞解鎖？

就不懂什麼叫作縮行嗎？

當時一看到這幾個字，小熊差點怒髮衝冠，熊毛都豎起來了。

柯諾斯則是一臉愉快地摸著往上衝的毛毛，還打算綁個蝴蝶結在上面。

最後當然是被小熊搶回自己的毛，她才不想頂著沖天炮髮型。

「星光之柄我已經從盧西恩男爵那邊拿到。」小熊說。

文森夫婦回憶了下，記起盧西恩是老朋友的兒子。

「他們一家現在還好吧？」蜜莉恩懷念地說，「許多年沒見到他們了，記得安琪拉當初才那麼小一個。」

「都挺好的。」小熊幫盧西恩留點面子，沒說出他被兩個女兒暴揍的事，「是他告訴我你們打算到王國西邊走走，也許能在深淵之谷這邊找到你們。」

「我們本來是打算到西邊旅行的，沒想到碰上邪神封鎖國家邊境。既然出不去，不如就來這邊看看，要是能找出邪神弱點，說不定就知道該如何打倒它……原本我們是這麼想的。」蜜莉恩至方才都呈現開朗的神情染上一抹憂鬱。

小熊明白，這時候都要接一個「但是」了。

果然，蜜莉恩接著說，「但是，事情比我們想的麻煩。」

「發生什麼了？還是你們看到什麼了？」諾亞心裡焦急，忍不住看小熊一眼。

按劇情走向，邪神將會由公主打倒。

小熊是現在的公主，那這個重責大任就落到她肩上。

但那可是邪神，可以把亞倫泰王國孤立起來，不讓周遭其他國家派遣援助的邪神。

光想像就知道任務有多艱困。

如今蜜莉恩又這麼說，諾亞簡直要爲小熊操心死了。

各種駭人想像在他腦中閃動，越想他臉越白，整個人甚至搖搖欲墜。

「諾亞？諾亞？」小熊還真怕諾亞突然倒下，「你沒事吧？」

接收到小熊的關懷，諾亞感動得紅了眼眶，來到嘴邊的話更是難以說出口。

……我是擔心妳有事啊！

最後那些擔憂全被另一句話替代。

「那個放什麼西居的大大，就是一個王八蛋！」

「祂的確是。」雖然不知道爲什麼諾亞突然冒出這句，小熊仍是認眞贊同。

柯諾斯對打倒邪神的話題不感興趣，也不打算插話。

他的心思都放在如何將小熊撈到懷抱裡，好讓他能盡情梳理熊毛。

「所以……」諾亞舔舔乾澀的嘴唇，接續話題，「究竟是怎樣的困難？難道山上有重重魔物大軍駐守嗎？」

文森搖搖頭，「通往山頂的路上的確有不少魔物，也有一些難關，但眞正的問題不在這裡，是在邪神身上。」

「因爲是湖中女神後代，我有一個特別的能力，叫作女神的庇護。平時發動，就像是進入隱身狀態，不會被魔物察覺。如果在特殊情況下發動，則必須要有儀式感，就像我躺湖裡那樣。」

文森就是靠著這能力瞞過魔物耳目，如入無人之境地抵達邪神根據地。

山頂處裂開一個巨大深淵，周圍岩壁黝黑，其上附著詭異的發光符紋，邪神就盤踞在深淵底處。

文森親眼目睹邪神恐怖猙獰的外貌。

那是一顆碩大無比的灰暗眼球，眼皮耷拉，露出一部分眼白和瞳孔。瞳孔是紅色的，眼白上則布滿荊棘狀的赤紅絲線。

無數觸鬚從眼球周遭長出，有的如樹根攀附在岩壁上，有的在眼球上方層層交纏，像是一張駭人的網。

僅僅往下投去一眼，文森就感到心臟像被寒氣入侵。他不敢多看，匆匆縮回腦袋。

「重點是……」文森強調這幾個字。

「什麼？難道剛那還不算重點嗎？」小熊大吃一驚。

「也算，但算次要。」文森嚴肅地說，「殿下，妳一定要仔細聽好，在山頂天坑邊緣有一面警告牌……」

「什麼牌？」小熊不是故意打斷，實在是那幾個字太匪夷所思。

誰家邪神門口還設警告牌的？

是邪神自己立？還是別人替它立？

如果是別人，邪神居然能夠忍受有人做出這種無異於侵門踏戶的行爲。

如果是邪神自己，那就更詭異了。

「警告牌，寫著警告標語的那種牌子。」文森這次說得更詳細，「上面寫著……本地邪神，擁有最強防護。金屬武器無效，魔法無效，毒藥無效，一切魔力在此防護前都會被瓦解，唯有對我造成傷害，才能解除防護，邪神留。」

「竟然眞的是邪神自己立的啊！」小熊無法理解，大感震撼。

這邪神是怎麼回事？之前點名祭品，卻要祭品獨自穿越螢火大草原，也不怕她在草原裡就被咔嚓掉，這舉止就夠讓人迷惑了。

現在還在自家外立起牌子，把自己的弱點和特殊屬性列出來。

它難道不怕有人靠著它主動洩露的弱點……

小熊內心如火車轟隆衝刺的吐槽乍然停住。

……它還眞不用怕。

想要破除防護唯有成功傷害它，但在那層防護下，想傷害它簡直是天方夜譚。

「邪神眞的那麼厲害嗎？」諾亞還抱持著一絲猶疑。

文森捏捏眉心，打破了他的期待。

「我靠著女神的庇護抵達山頂，往深淵裡扔下劍跟毒藥，也用過魔法攻擊。但不管哪一種，只要進入深淵，四周岩壁的發光紋路就會閃得更猛烈，武器和毒藥像被高溫蒸發，魔法則直接被瓦解，變成光點消散。」

就和那面警示牌寫的一樣，這些攻擊手段對邪神一律無效。

「這……這不合理啊。」諾亞焦慮地走來走去，再走回到羊皮紙前，手指戳著預言的部分，「預言裡都說要收集勇者之劍……」

但邪神的防護能銷毀金屬，勇者之劍不就無法成爲對抗它的武器？

「你有沒有想過一個可能性？勇者之劍或許不是金屬製成的，而是連我們都不清楚的特殊材質。」文森慢慢地說，「所以預言才要殿下收集星光之柄和虹彩之刃。虹彩之刃雖然不在我們身上，但我們知道它在哪裡。」

小熊喜出望外，「既然勇者之劍可能是某種神祕材料製作，你們也知道虹彩之刃的所在地……」

這樣聽起來沒有很糟嘛。

打倒邪神顯然還是很有希望的。

蜜莉恩的頭垂得更低，似乎想把自己埋起來。

「是這樣的……」她連說話聲都變得細如蚊蚋，「我喜歡製作各種小東西，也喜歡機關。然後藏著虹彩之刃的地方，也設下了一點機關。」

小熊問：「然後？」

蜜莉恩小聲道：「因爲隔了許多年……」

文森接續：「我們倆年紀都大了，記憶力也有些衰退。」

小熊心中有種不妙的預感。

她的預感在下一秒成眞。

蜜莉恩擠出一個乾巴巴又心虛的笑容。

「就是……該怎麼說呢？我們忘記那些機關是藏在哪了……」

好消息，知道虹彩之刃的下落。

壞消息，那地方設有機關，機關製作者還忘記藏在哪。

面對一好一壞的消息，小熊的態度是……

先睡一覺再說。

今天的煩惱扔到明天去，今天就沒煩惱啦。

至於明天的煩惱，就交給明天的自己去解決吧。

加上山裡天色已暗，蜜莉恩也提議等明早再出發，幾人便留在巡山小屋度過一夜。

小熊昏睡速度極快，她今天可是度過了驚心動魄的一天。

睡到一半，她忽地迷迷瞪瞪醒過來。

習慣性伸手摸向手機，發現剛過凌晨四點，離起床還有一段時間，能夠再睡好幾個小時。

小熊打了一個哈欠，眼皮不住往下掉。她心裡想睡，但手像有自己意志，自顧自地點開遊戲頁面。

凌晨四點一過，新一輪道具抽抽樂又可再抽。

小熊手指往螢幕一劃，大輪盤停下來後，跳出一個冒著螢藍光芒的物體。

小熊眼睛都睜不開了，隨便抓住就往包包裡面塞。完成抽卡任務的她頭一歪，迅速跌進沉沉的夢鄉裡。

隔天天剛亮，小熊是被柯諾斯叫醒的。

她打了個呵欠，發現手機被自己抓在手裡。

剛起床時的腦袋還沒開機完成，小熊想不起自己抓著手機幹嘛，乾脆就不想了。

眾人很快整頓好，離開小屋，在蜜莉恩與文森的帶領下，前往虹彩之刃的所在位置。

有柯諾斯在，自然不會讓小熊自己走路。

但剛被扛放在肩膀上，小熊就感覺昨天被禿嘎鳥抓走的陰影再度襲來。

「換個位置、換個位置！」小熊連忙拍著柯諾斯，實在很怕自己再被抓走。

柯諾斯也想起昨日的意外，決定讓她待在自己臂彎內，還可以隨時摸幾把。

無論小熊或諾亞都以爲接下來的路途必定崎嶇難行。

那可是虹彩之刃，傳說的勇者之劍的一部分。

文森他們一定是把它藏在無法輕易靠近的地方，如此一來就不會被人發現。

或許正值清晨，山林中的不少魔物仍在睡夢中。

也可能是文森的女神血脈爲大家提高不少幸運值，一夥人沿途並沒有遇到魔物偷襲，順遂得不可思議。

只是走著走著，小熊發覺實際狀況與她想的好像不同。

他們走的步道寬敞平坦，雖然路面鋪滿落葉，路邊野草也長得茂盛，但一點也不妨礙行走。

而且一路走來，不但經過好幾座涼亭，還看見多根路牌。有的被魔物破壞，只餘殘骸，有的幸運保持完整。

那些沒被破壞的路牌上，全都標示著同一個目的地。

萬暗洞窟，邪神殞落之地。

怪不得這趟路格外好走。

原來這條路就是通往深淵森林遊樂區最知名的景點，勢必砸了不少金錢和人力在這條步道的維護上。

小熊萬分迷惑，不明白文森夫婦爲什麼要往這走。

難道虹彩之刃藏在那裡？

不不不，怎麼想都不可能吧。

那地方來客數可是最多的。

按照諾亞的說法，現在這個邪神降臨前，每天都有絡繹不絕的觀光客前往那座洞窟。

小熊還在苦苦思索，諾亞已先問了出來。

「爲什麼往這走？這條路的盡頭只有萬暗洞窟而已。」

蜜莉恩回過頭，抬手擦了擦額頭的汗水，「因爲虹彩之刃就藏在那邊嘛。」

「什麼？還眞的是藏那裡喔！」小熊無比驚訝。

「藏在那裡？」諾亞同樣難以置信，「就不怕被人發現嗎？去那邊參觀的遊客那麼多……」

「有很多原因……」文森含糊地說，「等到那邊你們就會知道了。」

走過一段上坡，再拐過一個彎，一座大得超乎小熊想像的洞窟屹立在前方。

與其說是洞窟，更像是一座山被鑿空了。

黑色岩山險峻陡峭，表面只覆蓋少許植被。

小熊拚命仰著頭，仰得脖子都痠了，才總算把整個山洞收入眼中。

「這也太大了吧！」小熊忍不住在洞前大喊。

她的聲音碰巧被風吹入洞內，帶出一陣迴音。

感覺洞裡像是同時有無數人在喊著吧吧吧吧。

小熊立刻縮肩，這個音效搭配面前的黑色山洞，根本就是鬼氣森森。

腦中一跑出「鬼」字，小熊縮得更徹底了。

「裡面應該不會有……鬼吧？」小熊戰戰兢兢地抱緊自己。

她本來想說阿飄，但又怕其他人聽不懂，只好含淚說出那個不想說出的字。

她實在很怕說什麼來什麼。

「上一任邪神不是死在這裡嗎？噫，說不定死後還有那個逗留。」

「那麼主人覺得是有還是沒有呢？」柯諾斯平靜地望向洞窟。

「就是不知道才怕啊……你別再摸我的頭了，都摸一路了，被你摸禿怎麼辦？」小熊換抱住自己腦袋。

諾亞安慰小熊，「我來這裡好幾次了都沒碰上，也沒聽說有哪個遊客在這邊撞鬼。」

即使有諾亞保證，小熊內心還是七上八下。

目前沒人遇到，不代表沒有，萬一他們這群人就是萬中選一該怎麼辦？

等等，要是他們眞的成爲萬中選一……

那更是要抽個卡才行！

小熊一邊擔心受怕，一邊暢想等等該用什麼姿勢抽今日道具。

對她來說，「害怕」跟「想抽卡」這兩種情緒完全不衝突。

「殿下毋須擔心，這裡眞的不會有邪神的鬼魂，我們走吧。」文森也開口，語氣篤定。

他與蜜莉恩率先走進洞窟，沒人看見他們面上此刻流露一股難以言喻的複雜和惆悵。

從外頭看就覺得洞窟很大，進來之後，更能深切感受到它驚人的高度與寬敞。日光從洞外照射進來，帶來一定程度的能見度。洞裡溫度較外面低，到處是黑色的岩石。

「裡面會不會躲著魔物？」剛走進洞內不久，小熊猛然意識到這個問題。

「不會。」文森給出解答，「自從上一任邪神在這裡消失，也許仍殘留屬於邪神的威壓，魔物都不敢接近這裡。」

「深淵森林遊樂區開幕後，的確不曾聽說遊客在萬暗洞窟裡碰上魔物。」諾亞也說道。

「殿下妳別擔心，前幾天我和文森都待在這裡，那些狂化的魔物不敢往這接近。」蜜莉恩安撫著小熊。

有了這些保證，小熊也安下心。

只是越往洞內走，光線照不入，四周跟著變得陰暗。

小熊搓搓手臂，就算坐在柯諾斯的懷裡依舊缺乏安全感。

這時候，只有那人才能成爲她心靈的支柱！

它有著一頭長長的秀髮，有著厭世的表情，還有一個充滿力量的腦袋。

沒錯，只有她的心之友！

「小蘇啊！」小熊迅雷不及掩耳地掏出小蘇娃娃，將它揣得緊緊。

「主人怎麼還把垃圾帶在身上？」柯諾斯再自然不過地要把小蘇娃娃拿走。

「這才不是垃圾，這明明是我最要好的朋友！」小熊用力拍開那隻手，不准任何人拆散她與小蘇娃娃的友情，「而且我的手藝明明進步了，小蘇被我縫得更好了，還有一頭烏黑秀……」

小熊看著小蘇娃娃更禿的腦袋，假裝剛剛什麼也沒說。

一行人的腳步聲在寂靜的洞窟內迴響著。

不知走了多久，終於抵達盡頭，小熊一眼就看到那個傳說中的知名觀光景點。

洞內矗立著一座巨大的石刻王座，高度直抵洞穴頂端。

旁邊還垂著幾條繩柱，像是供遊客攀爬。

小熊不禁嚥嚥口水。假如王座是前任邪神留下的……它是有多龐大啊！

石雕王座前方空地被拉起一圈紅線，一柄耀眼奪目的長劍筆直插立其中，劍柄有如星光點綴，劍刃像是虹光匯集。

與長劍同樣引人注目的，還有紅線旁的大型說明立牌。

上面寫著：這是勇者之劍的複製品，劍尖刺入的地方就是百年前邪神消殞之地。即使是複製品也勿抱持不敬之心，拔起者被抓罰千萬，亞倫泰森管局派遣魔物全天候監視中。

爲了讓大家更有代入感，地面特地圈畫出一個人形輪廓，用來代表邪神。

讓小熊來說，這更像在看命案現場。

「等等。」小熊不解地指著王座與地上的人形，「邪神尺寸這麼小嗎？但那張椅子……」

「聽說是邪神和勇者接觸時，主動化成人形的樣子？」諾亞詢問地望向文森夫婦。

兩人不知為何沉默了一會才點點頭，表示諾亞說的沒錯。

「真奇怪……若我是邪神，碰上有人要來打我，肯定是一掌把人都拍出去。」

小熊嘀咕地對著小蘇娃娃吐槽，「小蘇小蘇，妳不覺得這邪神腦子有毛病嗎？還是說它就是喜歡找虐？」

「也許它太無聊了。」一道男聲冷不防落下。

小熊下意識抬高頭，看見柯諾斯對她淺淺一笑，「主人，妳有疑惑的話，問我比問它有用多了。」

「你不懂，小蘇總是無形中帶給我很多開示。」小熊把小蘇娃娃抱得更緊，「所以無論是誰都不能把我跟小蘇拆開，我們鎖死了，鑰匙還被我吞了。」

雖然無法理解小熊後半段話的意思，但不妨礙柯諾斯面上帶笑，紅眼陰惻惻地瞥向那個礙眼的玩偶。

諾亞他們往複製劍的另一端走去，沒聽清楚小熊他們的談話。

「蜜莉恩，虹彩之刃藏在這裡的什麼地方？這部分你們還記得嗎？」

「虹彩之刃是隨著機關埋進地底的，但埋進地裡後會移轉位置，所以我們也……」蜜莉恩十分愧疚。

諾亞明白了，就是不知道的意思。

「你們怎麼會想要藏在這裡？這邊不是號稱亞倫泰王國最出名的觀光地嗎？」小熊指揮著柯諾斯走過來，「爲什麼一定要藏在這裡？別的地方不行嗎？」就算不想帶在身上，但肯定有更適合的收藏位置，而不是大費周章地跑來這裡設下機關。

然後多年後，連機關位置都忘個精光。

「是啊，爲什麼呢？」諾亞也百思不解。

兩道困惑的目光直直看向文森和蜜莉恩。

這對夫妻卻是沉默。

不尋常的安靜圍繞在彼此之間，小熊與諾亞疑問更甚。

片刻後，文森主動開口，「我們有些事情想要向殿下坦白，但希望能在找到虹彩之刃後。」

小熊下意識看向諾亞，緊接著才反應過來現在自己才是殿下。

諾亞以眼神無聲示意：就照她的意思去做。

「我是沒問題……」小熊倒是不在意文森他們藏有什麼祕密。

誰還沒有祕密啊。

就例如她自己，宅在家畫圖的時候是連內衣都懶得穿。

啊，不過小蘇知道這事……管他的，反正這也算祕密沒錯啦。

得到小熊的應允，文森和蜜莉恩緊繃的身子肉眼可見地放鬆了。

「我們趕緊來找機關吧。」蜜莉恩重新提起精神，用著開朗的語氣引領大家，「要找到虹彩之刃，就一定得觸發機關。雖然不太記得機關的位置，但肯定就在這個洞窟裡面沒錯。」

小熊內心吐槽：這已經不叫不太記得，分明是完全忘記了。

「要是觸發機關，大家也不用緊張。」文森安撫著說，「那些機關不會對人造成傷害，只是得要花點腦力破解。」

「對對對，就當是玩一場益智遊戲吧。」蜜莉恩使勁點頭，「我的機關都很溫和的。」

蜜莉恩雖然說得很簡單，但眼下最大問題是要找出機關在哪裡。

幾人分頭尋找，在偌大洞窟內走來走去。

小熊也從柯諾斯的臂彎中掙脫，抱著小蘇娃娃一起加入搜尋行列。

想起還沒抽今天份的免費道具，小熊點開手機，印入眼簾內的卻是大轉盤暗下的畫面。

小熊張大眼，以爲自己看錯了，手指用力戳幾下。

大轉盤沒反應就是沒反應。

這代表今天的額度早就被小熊用完了。

但小熊根本沒記憶。她什麼時候抽的？總不可能是她夢遊？

一段畫面倏地跳入腦海，提醒她凌晨時分曾做過的事。

小熊默默收起手機，改摸向包內，還眞的找到鬃刷和東泉辣椒醬以外的東西。

一顆藍色的小石頭。

能夠抑制魔力的抑魔石。

可惜不是能增加幸運值的道具。

洞窟佔地遼闊，眾人如無頭蒼蠅找了好一會，依然一無所獲。

注意到柯諾斯從頭到尾站在原地沒動，小熊喊道：「柯諾斯，你難道是知道機關在哪才動都不動嗎？」

像是欣賞夠熊寶寶扭著屁股，像隻忙碌小蜜蜂一下跑到東，一下跑到西的可愛畫面，柯諾斯慢條斯理地點下頭。

在他視野裡，銀白色細碎光點飄浮在半空，一如盧西恩男爵家的地下訓練場。

「真的知道了？」見柯諾斯點頭，小熊大吃一驚。

這一喊，諾亞他們也驚愕地回過頭。

「你知道機關在哪裡？怎麼知道的？」小熊飛奔回來，揪著柯諾斯大氅一角追問。

柯諾斯並不知道機關在哪，但他能知道虹彩之刃藏在哪。

那些碎星般的微光就是最醒目的提示。

但要猜出機關藏在哪也不難。

「你們的機關一碰就會觸發嗎？」柯諾斯紅眸微抬，掃向文森和蜜莉恩。

「也不是一碰，是要連續在上面踩個五下。」這點蜜莉恩還記得。

「如果像我主人說的，這裡是最出名的觀光地，來這的人想必絡繹不絕。」柯諾斯撈起小熊，往前走幾步，直面紅線裡的勇者之劍複製版，「有聽說過遊客在這裡發現什麼異常嗎？」

這個諾亞可以回答，「沒有，有的話森管局一定會呈報上來。」

「對耶，那麼多人來過這裡，但都沒觸發機關……」小熊順著柯諾斯提出的思路思考下去，很快抓到重點，「所以機關肯定是在遊客不會碰觸到的位置。」

停頓一下，小熊驀然仰高頭，眼中映出高聳的頂端。

這驚人的高度，不知道要疊上多少隻她才能搆得到。

「不會在上面吧？」小熊臉都垮了。

「上面？不不不，不可能。」蜜莉恩馬上否認，「我有點懼高的毛病，就算忘了機關在哪，也不可能把它設在上面。」

小熊撫胸：「呼……那就好。」

諾亞猜測：「不是上面，不會被遊客們碰觸到……邪神的王座？」

小熊道：「旁邊有綁繩子讓人上去，我覺得不是。到現在都沒被發現機關的話，很可能是遊客不會隨意靠近的……」

小熊的話含在嘴裡尚未說完，視線已轉向前方。

被紅線圍住，插立其中的長劍。

察覺到小熊緊盯的方向，幾人也看過去，隨後恍然大悟。

或許會有人偷偷跨越紅線溜進去，但對於那柄擊倒上一任邪神的寶劍，即便它是複製品，也不會有人敢心存不敬地試圖拔起。

「我怎麼就沒想到！」蜜莉恩拍了下額頭，「果然年紀大了，才會連這個線索都忽略。」

既然已鎖定目標，蜜莉恩馬上拉起紅線鑽進去，握住複製品的劍柄使勁朝外拔動。

長劍比預想的還不好拔起，蜜莉恩向丈夫求助，「文森，來幫我！」

夫妻兩人合力之下，長劍被拔起，地面留下一道深深凹痕。

蜜莉恩站上去，連續跳五下。

一開始沒有任何動靜，就在蜜莉恩困擾地皺著臉，懷疑是不是猜錯地方的時候，一道細微聲響傳來。

前方的石雕王座忽地發生異變。

底座部分原本像是一體成形，可眼下卻出現縱橫交錯的細線，將黑岩切割成棋盤狀。

下一刻，一塊塊正方形石板翻轉過來，每一片石板都呈現紅色。

「啊！」蜜莉恩驚呼出聲，眼前景象觸動了她的記憶，將忘卻的部分從深處重新打撈出來，「啊啊啊，就是這個！我設下的機關！」

看上去的確沒什麼危險性。

沒有射出銳器，也沒有降下落石，更沒有突然坍方。

「這是做什麼用的？」諾亞看不明白這片紅色石板的用意。

「老婆，妳還記得嗎？」文森看向蜜莉恩。

「我想想，讓我想想……我才一百二十歲，肯定很快就能想起來的。」蜜莉恩苦苦思索，努力從記憶中挖掘線索，「我碰看看說不定就記起來了。」

蜜莉恩對自己設下的機關安全性還是很有信心的，就算不小心碰到，也不可能引發驚險危機。

她伸手摸了其中一塊紅石板，手掌接觸的瞬間，石板中冒出了數字1。

「我想起來了！」蜜莉恩興奮地回頭對眾人說，「找出跟這塊石板一樣顏色的其他兩塊石板，同樣顏色的石板就會消除。按照這個規則，成功配對所有石板後，就能找到虹彩之刃！」

「好像是這麼回事。」文森聽蜜莉恩說道，也被勾起一些回憶，「是不是不能錯太多次？」

「對，要是失誤三次，石板就會消失，要等三天才會再次出現。我當初居然有辦法設計這麼厲害的機關，真是天才耶我！」蜜莉恩說到最後，圓臉上忍不住浮現得意。

「老婆妳超棒！」文森捧場地鼓著掌，「接下來就靠老婆妳了！」

蜜莉恩看看自己丈夫，再扭頭看看那片紅色石板，臉上笑容漸漸消失。

「我……我可能不行。」她慚愧地垂下頭，「我現在看它們都是紅色的，實在分不出差異。」

「它們不是本來就都是紅色?」諾亞再也按捺不住心中疑問,「我剛就想問了,要怎麼替這些石板配對?怎麼看都是一樣的紅啊!」

「不是、不是,它們不一樣的。」蜜莉恩認真反駁,「當年我可是能看出明顯差異,只是現在年紀大,眼睛有點不行。」

諾亞眉頭擰得像要打結,他朝文森望過去,後者搖搖手。

「我不行,我看起來也都是紅色。」

小熊憋很久了,她抬頭看柯諾斯,「你該不會也覺得這些石板都長一樣吧?」

「都是紅色。」柯諾斯用斬釘截鐵的語氣說。

「真的不是啊,它們真的不一樣!」蜜莉恩試圖讓幾人理解,可如今她眼力不比當年,無法仔細告訴他們差異在哪。

小熊逐一看過在場的三名男性。

年紀不同的三個男人,臉上的表情透露相同訊息。

——不就都是紅色嗎?

「唉……」小熊搖搖頭，重重地嘆口氣，「男人喔，就知道你們不行。」

三雙眼睛瞬間看過來，誰都不想無故被貼上「不行」的標籤。

小熊才不管三人的反應，在蜜莉恩浮現期待的眼神中，她先把小蘇娃娃託付給柯諾斯。

「幫我保管一下，不准扔、不准丟，不准虐待我的心之友。」

再從柯諾斯身上跳下來，做了一個挽袖的動作，爲自己增加氣勢。

「讓開讓開，你們都讓開，放著我來！」

小熊大步上前，走到猶如棋盤的紅色石板前，再認眞不過地踮高腳，舉高手，指著浮現1的那片方形石板。

「這個怎麼看都跟旁邊的紅色不一樣吧，這可是乾燥玫瑰紅。然後它旁邊的這個是蜜桃玫粉，再隔壁是烏木磚紅。」

「乾燥玫瑰紅、蜜桃玫粉、烏木磚紅……沒錯沒錯，就是這幾個顏色！」蜜莉恩幾乎要喜極而泣了，「殿下妳居然能認得出來！」

「當然認得出來，明明差異那麼大。」小熊張開雙手，比劃出一個半圓。

面對三張茫然的臉，小熊恨鐵不成鋼地再搖了搖頭。

眞是的，就知道直男認不出口紅色號。

喔，有一個是彎男，但也認不出。

石板高度不算太高，憑小熊的身高也能順利搆到。

她二話不說地開始配色，兩隻熊掌飛也似地在上面挪動拍打，過程沒有絲毫停頓，動作快得幾乎帶出一片殘影。

這個是古銅紅棕，這個是裸粉珊瑚，這個是肉桂豆沙……

諾亞與文森看得瞠目，不明白小熊究竟怎麼從一樣的紅色裡找出差別。

就連柯諾斯也面色凝重，試圖分辨那些紅色是不是眞的有哪裡不同，可惜徒勞無功。

同樣顏色的三塊石板一被找出就會變成白色。

隨著不同的紅色越來越少，白色則累積得越來越多。

在小熊看來，這個機關就是一場消消樂，使用的顏色則是口紅色號大全。

這對平時素愛打扮跟研究美妝的她來說，簡直輕而易舉。

當石板全被白色佔據，又一陣響動清晰地進入眾人耳中。

高大的洞窟內，一點聲音都會被放大得格外明顯，眾人立即循聲轉過頭。

居然是從蜜莉恩先前連跳五次的地底下傳出來的。

畫著人形輪廓的地面猝然翻轉過來，一柄宛如匯集璀璨虹光的劍刃進入眾人視線內。

「竟然是藏在那裡……」諾亞呆然地說。

誰能想得到，虹彩之刃原來就藏在上任邪神被刺殺的位置。

小熊正想向柯諾斯索要星光之柄，目光一觸及被柯諾斯保管的小蘇娃娃，臉色瞬間大變。

她懷疑自己看錯了，還揉揉眼睛。

再定睛一看，沒有看錯，她最最親愛的心之友，不過與她分離了幾分鐘不到……

「小蘇！」小熊發出痛徹心扉的吶喊，「妳怎麼頭禿一半了！柯諾斯，你對它做了什麼！」

「我什麼也沒做，也許是它的頭髮特別脆弱。」柯諾斯一本正經地否認，「它是容易禿頭的體質吧。」

「就算小蘇熬夜常落髮，也沒禿那麼快啊……」小熊心疼地搶回小蘇娃娃，摸摸它的腦袋，「小蘇妳別擔心，等有空我就爲妳植髮，妳先忍耐一下。」

小蘇娃娃被小熊抱緊緊，覆在石頭上的布料被擠得歪了一邊，那個「小」字頓時像在無聲地斜眼看人。

爲小蘇娃娃無端逝去的頭髮哀悼幾秒鐘，小熊就把它塞進包包裡。

避免它因爲早禿而受到他人失禮或憐憫的注目。

虹彩之刃靜靜躺在石地上，劍身流淌著光芒。

一時之間，沒人上去將它拾起。

諾亞他們圍在虹彩之刃周邊，全都在等小熊的動作。

小熊拿出星光之柄，再撿起虹彩之刃，將兩者組合起來。

劍柄與劍刃接觸的剎那，好似有股天然吸力吸引彼此，雙方頓時牢牢地連接在一起，形成一把完整的長劍。

「這就是勇者之劍？」驚訝過後，諾亞眼中湧上激動。

他是聽著勇者小隊打敗邪神的故事長大的，沒想到有一天能親眼目睹擊倒上任邪神的武器。

「就是它刺穿了邪神心臟的，對不對？劍的主人是凱爾多，我聽說他為了紀念小隊的情誼，把劍柄和劍刃贈送給他的同伴。」諾亞如數家珍地說著，語氣滿是掩不住的興奮和雀躍，「這是多麼高貴的……」

「不是！」蜜莉恩猝然打斷諾亞的話。

諾亞一愣。

蜜莉恩低低地說：「它的主人不是凱爾多，它也……沒有刺穿邪神的心臟。」

諾亞驚訝：「咦？」

小熊疑惑：「欸？」

面對小熊和諾亞震驚的神情，蜜莉恩就像感到羞愧地低下頭。

文森摟住蜜莉恩的肩膀，像下定決心般慢慢開口。

「那麼多年過去，這件事很難啟齒，但我們仍要向妳坦白……殿下，上任邪神並不是我們打敗的，它是自己……選擇了消逝。」

第8章

一百年前

「蜜莉恩，還行嗎？」文森喘著氣，緊握著少女的手不放。

「那當然，你以爲我是誰？」蜜莉恩臉色蒼白，但仍揚起笑臉。

「大家再撐一會。」走在最前方的凱爾多沉穩地說。他是一名高大健壯的劍士，也是這支隊伍的領導人。

小隊由五人組成，他們爲自己取了一個名字，叫作「破刃」。能夠破除一切障礙的尖刃。

他們的目的，就是打倒降臨在亞倫泰王國的邪神。

邪神佔據深淵之谷，即便它沒有踏出那邊一步。

可只要它在，深淵之谷的瘴氣就不會消失，周圍的生物亦會受到它黑暗力量的污染，化身成狂暴的魔物，對四周村落、城鎮展開攻擊。

爲了保護自己的國家，不少勇士毅然站了出來。

由凱爾多領導的小隊也是，他們歷經千辛萬苦，打倒眾多危險魔物，終於成功抵達深淵之谷。

如今，邪神大本營的萬暗洞窟就在前方。

與沿路不斷碰上魔物襲擊的狀況相反，靠近這座由黑色岩石組成的巨大洞窟後，魔物徹底消失蹤影。

彷彿那些凶暴魔物完全不敢接近這裡一步。

眾人屏氣凝神，不敢有絲毫鬆懈，小心翼翼地走入這座有如一張怪物巨口的洞窟內。

漆黑岩壁帶來相當大的壓迫感，彎過一個轉角後，洞口被遮擋在後，外界的光線也受到阻擋。

照理說，洞內很快就會被幽暗籠罩，可奇異的是，洞窟深處卻傳出淡淡白光。

幾個人你看我、我看你，眼中全是無比警戒。

他們極力放輕步伐，終於抵達洞窟盡頭。

震駭感瞬間席捲他們全身。

洞窟盡頭聳立著一座石雕的巨大王座，雕工粗獷，就像隨意打造出一個椅子該有的形狀，便放置不管。

王座連接後方壁面，椅背高度直抵洞穴頂端。

而坐在椅上的，是一個前所未見的龐然大物。

它太過龐大，在它的映襯下，小隊宛如螞蟻渺小。

「噫啊！」蜜莉恩忍不住發出短促呻吟，瞪圓的眼睛裡只剩恐懼。

即便來時已做足心理準備，知道他們要消滅的目標是邪神。

可幾人從來沒想過，邪神會是如此……恐怖、壓倒性的存在。

它甚至沒有具體的形體，就像小孩隨意揉捏出來的一團泥巴。只不過這團泥巴是銀白色的，全身散發出朦朧白光，難以計數的銀色細鬚在周邊舞動，令人想到飛揚的長髮。

洞窟深處的照明，原來來自邪神自身。

踏至洞穴盡頭，沒有任何遮蔽物能夠藏起小隊們的身影，直接與邪神撞個正著。

所有人緊繃著身體，冷汗沁出，無法壓抑的悚然像條冰冷大蛇，慢慢攀爬上他們的後背。

實力差距太懸殊了……

光是直面邪神，就讓他們本能地顫抖。

可即使如此，他們也沒有後退一步。

眾人緊握武器，拚命抵抗如山壓下般的壓力，不約而同地往邪神所在方向衝上。

但他們只成功跑了幾步，身軀就像被看不見的力量凍結。

他們意識仍在，眼珠能轉，但也僅僅如此而已。

五人頓時成了靜止不動的雕像，只能驚恐地看著石雕王座上的邪神，動了。

銀白色的龐大存在從王座下來，緩緩走近五人小隊。

如小山一樣巍峨的體積，隨著雙方距離漸漸縮短，竟開始跟著縮小。

當它來到文森等人面前，看起來已與他們差不多大小。

就連像是不成形的泥巴外觀，也擁有了類似人形的輪廓。

細密的銀色光鬚依然在它周邊飛舞，充斥洞窟內的所有角落。

銀白色的人形站立在眾人前方，個頭仍比他們高出一點。它微低著頭，沒有五官的面容教人望而生畏。

接著，那具光滑的銀白身軀張開數也數不清的眼睛。

紅色眼珠骨碌轉動，又接二連三地閉上、隱沒，只剩臉部還保留兩隻眼睛。

雖然面前的邪神外觀如今肖似人，但反倒帶給他們毛骨悚然之感。

那東西說話了，聲音直接在眾人腦海裡響起。

「你們打不倒我的，但既然必須如此，就這麼做吧。」

那是誰也無法理解的話語。

隨後更加令人無法理解的事發生了。

怎麼回事！由於無法發聲，文森在內心震驚大叫。

他使勁轉動眼珠，發現同伴們的表情與自己差不多。

每張臉孔都被不敢置信佔據。

邪神在逐漸崩解，從雙腳位置開始崩散成微小沙粒，並且持續向上擴散。

就連那些發光的銀色長鬚也一併瓦解。

微小的銀白光粒不停飄落空中，如同一場紛飛的雪。

小隊成員陷入茫然，偏偏又動彈不得，只能眼睜睜看著邪神做出自毀般的舉動。

洞裡的銀雪下了好一會。

直到最後一粒銀光飄落地面、消逝殆盡，五人才重新拿回身體的掌控權。

過度緊繃的肌肉讓他們一時站不穩，腳下一個踉蹌。有人極力穩住重心，有人跌坐在地。

但不管是站是坐，他們都啞然無言地看著前方。

邪神消散後，面前空地平空出現了一把長劍。

它的劍柄彷彿有星光點綴，劍刃泛著七彩流光。

擁有華美外觀的長劍靜靜躺在那，就像等著人前去拿取。

「怎麼……怎麼回事！」蜜莉恩愕然地喊出大夥的心聲，「它自己消失了？它這是……自我毀滅嗎？」

「這未免也太荒謬……」文森喃喃地說，「邪神沒道理這麼做。」

隊長凱爾多沒說話，忽地轉身快步衝出洞窟外。

突來的舉動讓其他人大吃一驚，他們不知道是該追上去，還是繼續待在洞窟裡。

沒有太久，腳步聲再度由外接近。

凱爾多飛奔回來，呼吸急促，素來堅毅的臉龐露出驚疑不定的神情。

「外面的瘴氣……都消失了。」

「什麼？」

眾人大吃一驚。

這下誰也坐不住，連忙跟著隊長一塊向外衝。

曾經被不祥瘴氣籠罩的深淵之谷，如今重新恢復清明，那些混雜在空氣中的紫黑微粒全都不復存在。

縱使再怎樣無法置信，邪神的威脅確實消失了。

眾人重新回到洞窟，將那柄絢麗長劍帶走，作爲向國王報告時佐證的證據。

他們抵達王宮，見到國王，如實說出洞內發生的一切。

卻沒有人願意相信他們。

比起邪神選擇自我毀滅，國王和大臣更寧願相信這是他們過度自謙，不想攬功的說詞。

國王賜下豐厚獎勵，不容許他們推拒。

「你們不願承認邪神消失是你們的功勞，但你們沿路也打倒許多魔物，這些都是你們應得的報酬。」

最後，他們成為世人稱頌的勇者小隊，他們帶回的那柄劍則成為傳說中的成勇者之劍……

聽完文森的敘述，小熊的嘴巴不自覺地張得老大。

上一任邪神居然不是被打倒，而是自己消失的？

就連勇者之劍，也是在它消失後才出現，彷彿是它留下的遺物。

不只小熊目瞪口呆，諾亞也呆立原地，久久無法回過神來。

身為王室一員，他所學習到的一直是勇者小隊靠著勇者之劍，成功消滅了邪神。

從沒想過，上任邪神消失的眞相居然會是如此。

小熊低頭看著懷裡的長劍。

現在問題來了。

這把根本沒打倒過任何邪神，甚至還可能是邪神遺物的東西……

眞的有辦法拿去對付現任邪神嗎？

「當年我們眞的解釋很多次……」文森苦悶地說，「但始終沒人相信。國王……上任國王告訴我們，不管我們說的是不是眞的，國家需要的是我們打倒了邪神的這個說法，這樣人民才能安心。」

身爲王族，諾亞完全可以理解。

假如對外說出邪神是自我毀滅，而不是勇者小隊親手殺死，不但不會有人相信，還可能引起恐慌，擔心邪神是否會再度捲土重來。

「凱爾多是劍士，大家才會先入爲主地認爲勇者之劍是他的武器。他不喜歡被這樣誤會，但也沒有辦法。」蜜莉恩想起已逝的朋友，惆悵地嘆口氣，「所以他把劍給了我們和卡魯伊。卡魯伊之後被封爲男爵，成爲貴族的他，自然也無法將眞相如實告訴他的孩子。」

「可是，大祭司的預言……」諾亞低頭看著那把長劍。

他都不知道該稱呼那是勇者之劍，或是邪神之劍了。

大祭司的預言現在看起來非常不可靠，但有個東西，小熊知道絕對可以相信。

她立即拿出手機，在別人眼中就只是她在把玩一個發光的盒子。

小熊點開劇情地圖，跑過金熊與銀熊的劇情後，她還沒來得及查看後續。

現在，第三個欄位也亮起光芒。

優雅的花體字在上面緩緩舒展。

遵照預言，提起寶劍，和邪神進入最後決戰。

直截了當的提示，彷彿怕人不知該如何進行下一步。

這就是接下來必經的劇情了，帶上勇者之劍，與邪神展開最後的戰鬥。

思及文森曾說過，金屬武器帶入深淵就會遭到毀滅……那不要被發現有帶武器在身上就好了吧。

小熊沒忘記自己還有一個好東西，星戀之神贈送的小包包。功能宛如哆啦A夢的四次元口袋，再大的東西都塞得下。

最重要的是，還有一個隱蔽功能，放進包包內的東西都等於開了隱形模式。

當初星戀之神只說這包包什麼都裝得下，還是她偶然發現包包底部貼了一張商品標籤，上面寫著——收納無限，內容物可隱形，偉大的大大製造！

沒想到如今終於要派上用場了！

「沒問題，這把劍絕對沒問題的。」小熊信誓旦旦地向諾亞他們保證，「我們要相信大祭司的預言，還要相信……大祭司給的這個包包。」

小熊當著眾人的面，將那柄比自己還高的長劍放入斜背包裡。

勇者之劍明明比包包還大，卻神奇地慢慢被收納進去。

文森和蜜莉恩無比驚嘆。

小熊暗地裡朝諾亞眨眨眼睛，手指比了比天上。

諾亞很快反應過來，小熊真正要說的不是大祭司，而是神，就是之前忽然出現的那道聲音。

他登時鬆口氣，不管是叫勇者之劍還是邪神之劍，它都是關鍵沒錯。

劍到手，眾人沒有耽擱地離開萬暗洞窟，繼續往邪神所在前進。

根據文森和蜜莉恩這陣子做的調查，想要抵達邪神根據地，也就是頂端的那個天坑，必須經過兩重關卡。

第一重是魔樹林。

由植物系魔物建構的防護，細密長絲宛如千絲萬縷的頭髮，一旦察覺動靜，就會群起攻擊。

第二重，則是月夜眠花。

同樣屬於植物系魔物，開滿山頭，每一朵花裡都是尖銳的牙齒，咬斷金屬不在話下。對風吹草動相當敏銳，幾乎無時無刻都把牙齒咬得咔咔作響。

「第二重關卡反而好解決。」文森邊走邊爲大夥說明，「月夜眠花，顧名思義就是碰到月夜，其實是月圓之夜，它們就會陷入沉睡。當然不是眞的睡死，要是動靜過大，也會驚醒它們。」

「那只要動靜小點……」小熊忽地思及一個問題，「等一下，月圓還沒到吧。距離月圓……」

小熊努力回想，但昨天壓根沒留意月亮有沒有出現。只記得更之前，月亮好像已經變得滿胖了，距離圓潤的模樣似乎只剩……

「今天就是月圓囉。」文森說。

「什麼？」小熊一呆。

「今天就是月圓之夜。」文森再說一次。

「什麼！」小熊驚悚地捧著臉嚷，「今天月圓!?」月圓是那麼快的嗎？她以爲還要幾天，結果突然有人跟她說是今天！

「柯諾斯，今天眞的要月圓了？」小熊急著用熊掌拍打柯諾斯的肩，「太快了吧，我跟你在一起的時候不是才……」

「我們分開了一天。」柯諾斯按住那隻熊掌，捏起肉墊。

「什麼一天？」小熊沒空在意自己的肉墊又被人不客氣把玩，「我跟你分開沒多久吧，不是我被那隻鳥抓去不久，就和你重逢了？」

柯諾斯給出一個令小熊呆然的答案，「不，我們分開了一天，我隔天才找到妳，我的主人。」

小熊抽回手，把自己的臉頰擠壓得更用力。

她被禿嘎鳥抓走，明明只暈了一下，她醒來時天都還亮……

小熊一個激靈，猛然察覺到問題所在。

她看的天亮，是什麼時候的天亮？

她那一暈，原來是直接暈到隔日嗎？

想到月圓之夜，小熊就想到那個大眼珠邪神的威脅。

在下個月圓之夜前，祭品必須抵達深淵之谷。

換句話說，她這個外賣今天沒送到邪神面前，亞倫泰王國就要完蛋了。

「我們必須快一點，月亮升起的時候，我一定得到邪神那邊，不然……」小熊吞吞口水，惶恐地對眾人宣告壞消息，「那個邪神就要對亞倫泰王國不利了！」

得知事態嚴峻，一行人更是加快趕路的步伐。

知道自己腿短，趕起路肯定跟不上其他人的腳步，小熊繼續坐在柯諾斯的臂彎裡，偶爾貢獻一下自己的熊掌，讓對方緩解疲勞。

……雖然她完全看不出一個臉不紅、氣不喘的人是哪裡疲勞了。

眾人在山林中往前走，經過一處密林時，他們碰上文森提及的第一重關卡。

「小心，這裡是魔樹的聚集地！」文森一看見樹叢內出現異樣的紫黑色彩，連忙揚聲警告。

幾乎在他警告落下的同時，樹叢內傳來怪異的沙沙聲響。

小熊所待的位置高，視野看得遠，很快察覺到樹林裡有異。

「那裡有東西在動！」她指向左側方。

沙沙的聲音越來越明顯，說時遲、那時快，大把紫黑色細絲從樹叢後射出。

幾人立刻敏捷躲閃，小熊也不忘抓緊柯諾斯，以免自己不小心摔下去。

偷襲落空的細絲飛快再縮回去，接著樹叢中的沙沙聲更加大聲。

下一剎那，以為是普通樹叢的矮木竟從地裡拔起樹根，宛如活物般開始移動。

那些深綠葉片下更長出無數細長紫黑絲線，原來方才偷襲的細線就從這裡而來。

小熊想像過魔樹林會是什麼模樣，可沒料到居然是一排排的樹都活了過來。

低矮的身子、挪動的樹根，還有不斷向外長的細絲，讓它們有如畸形的動物。

第一批魔樹動了，接下來是第二批、第三批……匯集在一起的沙沙聲令人不寒而慄。

不過片刻，以爲平靜的樹林轉眼化成駭人的魔樹林。

就如文森所說，那些細密長絲彷如數也數不清的髮絲。

只不過頭髮不會傷人，這些來自魔樹的頭髮，卻都挾帶著殺傷力。

它們的末端泛著凜凜寒光，只要一接觸，就會發現它們如金屬般堅硬。

那些看似柔軟的紫黑細絲，等同一把把鋒利的武器。

文森夫妻不是第一回與魔樹林打交道，自是做過一番研究。

蜜莉恩從她的工具腰包裡抽出多把銀色金屬物品，每一把皆有手掌長。

她飛速將它們組裝起來，讓它們變成一把鋒銳的大鐮刀。

「只要直接砍斷它們的枝椏，就能根絕那些絲！」蜜莉恩一個靈活翻滾，以自身作爲示範。

她就像一條滑溜敏捷的魚，在紫黑細絲間來回穿梭，終於成功欺近一棵魔樹。

寒光一閃，鐮刀以刁鑽角度由下砍中魔樹的樹枝。

即使魔樹細絲堅韌，但樹枝卻意外脆弱，一被利器揮過，就從主幹上斷裂。

在細絲即將往自己方向刺來之前，蜜莉恩又機警撤退。

蜜莉恩回到同伴身邊，「主幹很硬，所以也不用浪費時間攻擊。專心針對那些樹枝就可以了，只要砍去一棵魔樹的三分之一枝椏，它們的細絲就會失去硬度，能夠輕易割斷。」

有了蜜莉恩的示範，其他人也知道該如何對付湧動的魔樹。

只是魔樹數量著實太多，想要逐一擊破，將會大大耽誤時間。

但若沒人牽制，魔樹一樣會一路死纏爛打。

蜜莉恩與文森對視一眼，夫妻間的默契讓他們毋須言語，也能明白彼此的意思。

「我替殿下你們開路，你們跟我老公抓住機會，一起闖過去！」蜜莉恩鎖定魔樹防守較薄弱的一方，嬌小的身影頓如疾風再次掠出。

沒想到還有另一道人影也跟著奔上前。

眼角餘光捕捉到影子，蜜莉恩吃驚地側過頭，「諾亞？」

「我也來幫妳！」諾亞從外套內側抽出兩把比一般尺寸更大的剃刀，「小熊你們看好機會，儘管往前衝！」

小熊沒有大嚷著「要走一起走，要留一起留」這類的話。這時候選擇共進退，只是辜負諾亞他們的心意。況且今晚就是月圓之夜，說什麼都得把握時間，及時趕到山頂才行。見蜜莉恩與諾亞投入和魔樹纏鬥，小熊也有了決斷。

「柯諾斯，把背包給我。」小熊從柯諾斯那接過雙肩包，將小包包內的鬃刷一股腦全倒進去。

把雙肩包放在樹下，小熊朝柯諾斯示意，表示自己準備完成了。

「老公，就是現在！」用鐮刀替文森他們劈出一條短暫的道路，蜜莉恩高聲催促。

文森沒有遲疑，與柯諾斯和小熊直往那邊跑。

「諾亞！包包裡的鬃刷，只要砸中目標就會拉住對方的仇恨值！把它們引到萬暗洞窟！」小熊趴在柯諾斯肩上，朝諾亞大喊。

諾亞腦筋一轉，領悟到小熊的用意。

「殿下這辦法不錯。」蜜莉恩俐落地再砍下一排枝椏，讓幾棵魔樹的細絲失去殺傷力，也讓魔樹們的敵意全集中在她身上。

一等小熊他們的背影消失在視線內，諾亞返身撈起雙肩包，果然在裡面看到成堆鬃刷。

諾亞拿出一個，瞄準遠方的一棵魔樹就是一扔。

鬃刷精準砸中目標。

前一刻還蠢蠢欲動，想追著小熊他們過去，但又礙於本能隨集體行動的魔樹，登即忘卻原本心思，它奮力往前擠，一心一意只想攻擊諾亞。

見鬃刷成功發揮效果，蜜莉恩也靠過來，抓起幾個鬃刷扔向魔樹。

越來越多魔樹被激起莫大怒意，它們抬動樹根，大把大把的細絲狂暴亂舞，全都朝著諾亞和蜜莉恩而來。

兩人交換一記眼神，拔腿就往萬暗洞窟跑。

諾亞他們砸中的只有幾棵，但魔樹有集體行動的慣性，只要有樹帶頭跑，其他樹便會不自覺跟上去。

不知不覺，魔樹們都被引走，再也沒有一棵記得要追小熊他們。

諾亞和蜜莉恩跑得飛快，身後是成群結隊的魔樹大軍。

他們再度回到萬暗洞窟前，高大險峻的黑山宛若巨人靜默地矗立著，散發無形的壓迫感。

追趕過來的魔樹頓地彷彿碰上一層障壁，不敢越雷池一步。

偏偏在鬃刷的效用下，魔樹對諾亞和蜜莉恩恨得牙癢癢的，怒火讓它們不想移開腳步。

它們無法前進，也不願後退。

一下陷入了進退兩難的境地。

一排排魔樹簇擁在一塊，放眼望去，糾纏一起的細絲宛如一片紫黑海洋。

後排魔樹伸出的絲線長度有限，根本碰觸不到諾亞二人，反倒誤傷自己同胞。

前排退不了，還要遭受己方背刺，更是陷入無止盡的狂怒狀態。

如今，此地的魔樹林已喪失了能移動的優勢。

它們就像砧板上的魚，只能任憑諾亞和蜜莉恩宰割。

蜜莉恩藉著自身的靈活，在諾亞掩護下，一再成功突襲至魔樹身側。

刀起刀落，樹枝紛紛揚揚落地。

一定數量的樹枝被砍除，那些絲線也降低了殺傷力。

諾亞甩動兩把剃刀，對那些朝自己伸來的紫黑絲線毫不留情。

凡是寒光閃過之處，大把大把細絲被無情剃除。

動作流暢又精準，讓蜜莉恩不禁讚歎，「你使用剃刀的技術眞好。」

諾亞回想一下至今的女裝生涯。

爲了能夠完美當個公主，腿毛、胸毛、腋毛，還有近期開始長出的鬍碴，每天都得仔細剃除，絕不能落下。

這也造就他如今爐火純青的剃毛功力。

對於蜜莉恩的誇讚，銀髮少年矜持微笑，手裡剃刀再度飛閃而出。

「剃毛，我是專業的！」

第9章

與諾亞兩人分開，小熊他們馬不停蹄地繼續趕路。

靠著文森的幸運值，離開魔樹林後，他們沒有碰上太多魔物的襲擊。

越接近山頂，山路變得越加難走。

但對文森和柯諾斯來說，並不是太大的問題。兩人腳步沉穩矯健，崎嶇山路在他們腳下如同平地。

小熊不禁慶幸有柯諾斯，否則靠她自己一熊，要從螢火大草原走來深淵之谷……走到花都謝了，她大概還在半路上吧。

隨著時間流逝，山裡天色漸漸由亮變暗。

高低錯落的樹木在昏暗光線中，看起來彷彿隨時會瘋狂襲擊的怪物。

好在魔樹林只存在先前那處，接下來的樹林並沒有再化爲魔物。

文森提及的第二關卡出現在眼前時，正處於傍晚與黑夜的交接之刻。

佔地廣大的花田就在小熊他們必經的前路。

赤紅花朵大如人頭，每一花瓣邊緣都有一道黑色弧線，中央的花心赫然是一顆骨碌骨碌轉動的大眼睛。

在月夜眠花察覺到有人過來之前，文森及時煞住腳步，不讓他們的身影進入魔物視野當中。

小熊遠遠觀察著那些花，正想著花的牙齒在哪，花瓣邊緣的黑色弧線驟然裂開，露出一張張嘴巴。

每張嘴內都環繞尖密牙齒，不難想像若被咬住，會是如何地皮開肉綻。

「噫！」小熊看得臉色發白，小小聲地吸口氣。

那些密密麻麻的花，還有密密麻麻的牙齒，簡直讓人密集恐懼症要發作了。

月夜眠花堵住了前方的路，不從它們中間穿過，便無法到達山頂。

文森抬頭望了下天色，天邊已能看見月亮輪廓顯現。

文森小聲道：「我們再等一下，等月亮完全出來，月夜眠花就會開始陷入沉睡。到時走過去時小心一點，它們那一大片花，其實都是連在一起。」

小熊不解：「連在一起？」

「對。」文森指向花田裡糾纏盤結的細莖，「從同一條根往外不停延伸。」

小熊恍然大悟。不就像某些榕樹一樣，以為是一大片樹林，實際上根本是同一棵樹。

「所以要是驚動一朵，整片都會被驚動，這就是它們麻煩的地方，待會無論如何都要留心腳步。」文森不厭其煩地交代。

也因為月夜眠花這種特殊屬性，文森之前都是靠女神的庇護躲過它們偵查，順利前往山頂。

「那要是傷到其中一朵？」小熊舉一反三地問。

文森給了一抹無奈的微笑，「其他朵會受到刺激直接狂暴。」

望了一眼那片密密麻麻的利齒，小熊搓搓雙臂，抖了一下。

那些花一般狀態下看起來就已經夠可怕了，要是集體狂暴還得了？

「啊，雖然攻擊不是上策，但要是能讓其中一朵吞下毒藥，倒是能降低傷害性。」說起這個，文森就有些遺憾，「可惜我身上的毒已經用光，之前都倒進深淵裡面了。」

聽文森這麼說，小熊驀地靈光乍現。

「那假如讓它們吃進會降低魔力的東西呢？」

「喔喔，要是有這個就更好了！魔力一被降低，它們對外界的感知也會跟著大幅下降呢。莫非殿下有嗎？」

文森這一句單純是隨口一問，並不認爲小熊眞的擁有這類物品。

而小熊她……

她還眞的有！

在心裡感謝凌晨夢遊抽卡的自己，小熊從包包掏出一顆泛著微光的藍色石頭。

注意到柯諾斯垂眼看向自己，小熊迅速找出理由，「就……之前盧西恩男爵私下送給我的。」

「抑魔石？」文森這下眞的吃了一驚。

「如何？如何？這個行嗎？」小熊獻寶般捧起抑魔石。

「當然可以，非常可以。」文森喜出望外，「這個對月夜眠花能發揮充分效果，要是殿下不介意，由我來扔過去吧。」

小熊自然不介意。

文森扔得又遠又準，正好對著一朵面向他們的月夜眠花。

察覺到有東西逼近，赤紅大花的花瓣登即爭先恐後地張大嘴，隨後就聽到一陣咔哩咔哩的咀嚼聲響。

即便隔了一段距離，聲音依然清晰鑽進眾人耳內。只聽聲音，恐怕會以爲是某種可怕的野獸在進食。

「光聽就知道那些花的牙齒眞好……」小熊寒毛豎起。

抑魔石轉眼就被月夜眠花吃得一點也不剩，全部都被吞下肚。帶來的效果也是顯著的。

那朵花將抑魔石吃完後，宛若疲倦地打了一個呵欠。其他花接二連三地也像被那股倦意感染，大張的嘴巴紛紛閉上，花瓣也軟軟地垂下。

待夜色完全降臨，碩大的圓月高掛在天際，月夜眠花的眼珠也停下轉動，眼皮耷拉下來。

一朵朵的赤紅大花陷入睡眠。

小熊他們等的就是這個時機。

加上這些月夜眠花共享了那顆抑魔石的功效，大大降低對外界動靜的敏感。

兩人一熊從這片花田間穿過去的時候，即使無可避免地碰到一些花，也沒有驚醒它們。

花了一些時間，小熊他們成功脫離花田範圍。

遠離那些月夜眠花，文森抹了一把因緊張滲出的冷汗。

不得不說小熊貢獻的抑魔石幫上了很大的忙，才能讓他們有驚無險地通過這重關卡。

依文森先前來過山頂的幾次經驗，通過月夜眠花田後，接下來便不會遇到什麼難題。

也許是已近深淵之故，就連魔物都變得稀少。

文森帶著柯諾斯和小熊再往上走。

只要再走上一段，就能順利抵達邪神的根據地。

然而事情往往出人意料。

爬過一段布滿碎石的山坡，眾人面前出現的景象令文森難以置信地失聲喊出。

「怎麼會!?」

炙熱恐怖的岩漿流淌在前方深溝，橘紅色澤在夜空下猶如一條火焰之河。

還沒靠上前，就能感受到空氣挾帶一股熱度襲來。

看著橫亙在他們前方的橘紅岩漿，文森傻眼了。

他發誓，他之前來的幾次根本沒有這東西！

「殿下，之前眞的沒有這個……」文森焦慮地向小熊解釋，「不知道爲什麼……」

「反正跟邪神脫離不了關係。」小熊憂愁地嘆口氣。

越來越懷疑邪神指定她這個公主，圖的到底是什麼？

它到底是希不希望外賣成功送達啊？

誰家外賣有辦法輕鬆飛躍一條岩漿？

小熊他們繞著岩漿走了一圈，發現它就像一條護城河圈圍住山頂，無論從哪個方向都無法直接穿越。

從這條「護城河」的寬度來看，也無法輕易一躍而過。

「怎麼會這樣……明明上回過來不過就是一道深溝而已。」文森記得很清楚，「溝裡分明什麼都沒有的。」

「加速，然後跳過去……」小熊衡量了下寬度，感覺好像有機會做到，但隨即又搖搖她的熊腦袋，「不對，這樣也太簡單。」

如果靠衝刺跳躍就能通過，邪神也沒必要搞出這條岩漿河。

柯諾斯對小熊的細心給予高度讚賞，「不愧是主人，擁有那麼可愛又智慧的一顆熊頭。」

小熊內心白眼……謝謝，完全不覺得有被誇讚到。

果斷忽略柯諾斯的稱讚，小熊注意到對方的言下之意，「你看出什麼了嗎？」

柯諾斯抱著小熊往前走幾步，彎身拾起一顆石頭朝岩漿上方拋去。

石頭劃出一道拋物線，眼看就要飛越河面、落至對岸，不料平靜河面乍生波瀾。橘紅液體高高噴起，像隻伸展開的大手，一把抓握住空中的石頭，轉眼將石頭捲至河裡。

岩漿之河再度重歸平靜。

小熊看得嘴巴開開。

這要是跳過去……就等著被抓進岩漿裡面了吧。

等等，那如果跳很高……小熊剛冒出這念頭，又把它畫上一個大叉。要跳得夠高，還要跳得夠遠，那還不如奢望直接長出一雙翅膀算了。

再等等！小熊猝然靈光再一閃。

她長不出翅膀，也跳得不夠高、不夠遠，但只要借助外力……

「柯諾斯，不然……」小熊緊抓著包包肩帶，乾巴巴地說，「不然你把我拋過去吧，拋得夠高夠遠……」

不待柯諾斯做出反應，文森先強烈反對了。

「不行！那怎麼可以！怎麼能讓殿下隻身一人面對邪神，太危險了！」

文森看著熾烈灼熱的岩漿，最末像是下定決心，放下行李。

「我有個辦法……但之後我就無法陪同殿下你們繼續前進了。」文森打開行李袋，從裡面取出一大塊白色布料，「女神的庇護還有另一個功用。」

不對，那不是單純的布料。

小熊認出來了，那是蜜莉恩昨天還在縫的白色婚紗。

婚紗尚未縫製完成，但已有基本雛形。

文森沒有脫下身上的衣服，而是直接熟練地套上女裝與假髮，蓬蓬的裙襬拖曳至地面。

小熊看得發懵，不懂這是要幹嘛。

柯諾斯倒是看懂了，「發動女神的能力，需要儀式感。」

文森一步步走近岩漿。

「慢著！那是岩漿，不是湖，你不能躺進去的！」小熊大驚，急急阻止。

她不知道女神的血脈能做到何種地步。

但文森可以在湖裡呼吸，不代表在岩漿裡也能。

那可是岩漿，下去連骨頭都能被燒個精光的岩漿！

好在文森沒有真的一股腦往河裡衝，他在河前停住腳步，大聲吟誦出小熊聽不懂的歌曲。

很快地，一團燦爛光輝籠罩文森的臉孔。

乍看下就像一名身穿白紗的銀髮女人在唱歌。

除了歌聲格外低沉粗獷。

文森的歌聲仍在持續，除了他的臉，腳下也滲出一片光芒。

淺淺的藍色從光輝中心滲出，頃刻間便把所有白光染成湖水般的藍色，並且朝著前方筆直擴散。

藍光來到岩漿之河上方，像是一層淺藍布料在河面鋪展開來。

小熊睜大了眼，看見藍色一往無前地向前突破。

與此同時，大量汗水也從文森身上流下，婚紗背後被淌濕一大塊深色印子。

「殿下，趁現在！」文森的嗓音變得沙啞，彷彿遭到砂礫或炭火摧殘，「從上面走過去……我沒辦法撐太久！」

「柯諾斯！」單從聲音判斷，就能知道文森現在狀態不妙，小熊不敢耽擱，立刻拍著柯諾斯的手臂催促。

柯諾斯踏上河面的水藍地毯前，目光微微瞥向後側一眼，又從容收回。

在岩漿上展開的淺藍就像一座橋，支撐著柯諾斯平穩走過去。

藍色還在往前展開，可在距離岸上仍有一段距離之處似乎碰上了阻礙，又或是後繼無力，再也無法更進一步。

柯諾斯沒有遲疑，凌空一躍，宛如飛鳥翱翔。

說時遲、那時快，沉靜的橘紅河面驟生變故，岩漿感應到有外物意圖從上方經過，立時高高湧起。

高熱的液體像隻大手，要把柯諾斯一把拽下。

小熊看得心臟都要跳出來。

飛濺而起的岩漿擦過柯諾斯大氅一角，瞬間燒灼出一個破洞。

柯諾斯穩穩落地，飛揚的大氅跟著垂下，如同飛鳥斂起一雙羽翼。

見到柯諾斯和小熊成功通過岩漿的阻礙，文森鬆了口氣，緊繃的身子跟著鬆懈下來。

他臉上光輝消失，覆蓋在岩漿河面上的藍色也像玻璃般碎裂，化成大大小小的碎片落入河裡。

一剎那就被徹底吞沒。

文森的身子晃了晃，支撐不住地往下跌坐，嘴角滲出一縷鮮血。

「殿下，別管我，你們快去吧！」他蒼白著臉，朝小熊擠出微笑，「這裡不會有什麼危險的。」

「你保重！」小熊對他揮了揮手。

目送柯諾斯和小熊的身影消失在夜色和樹影裡，文森這下連坐著的力氣都沒了，身體往旁一倒，毫無形象地癱軟在地。

文森此刻只覺全身像被重物碾過，連根手指都舉不起來。

這次使用能力後，他接下來得躺十天半個月以上了。

「幸好這裡算安全地帶……」文森苦中作樂地喘著氣，「沒有什麼魔物出沒。」不然失去女神的庇護，要是這時碰上丁點危險，就真的只能躺著任人宰割了。

「也不知道蜜莉恩他們那邊怎樣了……」文森閉上眼睛，有些遺憾自己無法跟上小熊他們的步伐。

倏地，由遠而近的腳步聲讓文森猛然睜開眼，同時還能聞到一股若有似無的野獸腥氣。

文森的一顆心沉到谷底，冷意從四肢發散。

這裡已經相當靠近邪神的根據地，會在這出沒的……絕不會是一般野獸。來的只可能是……

魔物！

文森知道自己現在該起身，設法找個安全的地方躲避。

但他體內力氣已被抽乾，別說是站起來，連撐起脖子、看清敵人的面容都力不從心。

腳步聲和腥臭味越來越近，代表著死亡的陰影也在步步逼近。

文森苦笑，沒想到自己會落得這種結局。

但起碼他把殿下他們送過去了，希望殿下能成功打倒邪神。

還有蜜莉恩，他最愛的蜜莉恩……

希望魔物能把他吃得乾淨一點，別留下殘骸，以免蜜莉恩見到傷心不已。

文森深吸一口氣，做好引頸就戮的準備，他能感受帶著腥氣的呼吸吹拂在自己頭上。

魔物就在自己的正後方。

文森不想面對被咬碎腦袋的模樣，他閉上眼，等著劇痛隨時落下。

但等到的卻是野獸的一聲慘嚎，隨即而來的是大股溫熱液體澆淋在他頭上。

文森大駭，即刻睜開眼睛。

他抬不起手，沒辦法去摸自己的臉，但從眼角餘光瞥見的紅色來看，那應該是血。

再結合方才的那聲慘叫……最可能是魔物的血。

血色迅速化成白光消散。

文森心中的謎團加劇，無端端的……魔物怎會遭到攻擊？

他意識到這裡還有第三者存在，全身的雞皮疙瘩都豎起了，拚命仰著脖子，意圖窺見後方景象。

他先看到一雙銀白的靴子。

靴子的主人不知何時出現在他身後，他甚至連絲動靜都沒捕捉到。

文森心頭一凜，順勢往上一看。他神情凝固，眼底掀起了驚濤駭浪。

不是他看到多恐怖的畫面，倒映入他眼中的，是一名絕對稱得上俊美得過分的男人。

可是可是，這個人……

這個名叫柯諾斯的騎士，不是與殿下一同前往山頂了!?

「你為什麼……」文森駭然地問。

「這只是我的一縷分身。」柯諾斯收起斬殺魔物的長劍，「我猜我的主人會更喜歡好的結局。」

「你究竟是何方人物？」既然是友軍，文森也放下警戒，喃喃地問出口。

銀髮紅眼的男人沒有回答。

他的身影漸漸淡去，同時銀光冒出，吞噬色彩和細節，身周不知何時出現無數銀色光鬚。

在他消逝之前，他看起來就像一團徒具人形輪廓的銀白發光物，唯獨臉部留有兩隻猩紅的眼睛。

文森如遭雷擊，雙眼驚駭瞠大。

「你是……祢是……」

一人一熊在月夜下趕路。

突然間，柯諾斯停步不動。

「怎麼了？」小熊馬上警覺地東張西望，「有魔物嗎？」

「不，什麼也沒有。」柯諾斯這麼說，可雙腳依舊沒邁動，「如果有認識的人死了，妳會傷心嗎？」

「這什麼問題？」小熊詫異地反問，「當然會啊！我可是大團圓結局的擁護者！」

「是嗎？那表示我的確沒做錯。」柯諾斯微笑地說，握住小熊的一隻熊掌，揉捏起上面的肉墊。

「啊？」小熊聽不明白，只能困惑地與柯諾斯大眼瞪小眼。

但沒過多久她就無暇在意柯諾斯無故的詢問了，她看到前方矗立著一面醒目的木牌。

木牌後是這座山峰的頂端，亦是他們的目的地。

「文森說的警告牌難道就是那個？」小熊瞇細眼睛，想早點看清上方文字。

感受到小熊的心急，柯諾斯步子加大，抱著她來到告示牌前方。

告示牌上面確實寫著：

本地邪神，擁有最強防護，金屬武器無效，魔法無效，毒藥無效，一切魔力在此防護前都會被瓦解，唯有對我造成傷害，才能解除防護，邪神留。

而在告示牌後，是一個大得難以估量的坑洞。

與其說是坑洞，用深淵來形容更爲適當。

小熊僅僅投去一眼，就感到一陣暈眩，覺得自己輕易能被深淵吞噬。

她連忙把視線挪到告示牌上，「金屬武器……柯諾斯，你的劍不能帶下去吧。」

依照文森的說法，金屬武器進入深淵就會觸動邪神的防護。

柯諾斯卸下佩劍，把它扔置於地。

他抱著小熊再往前走，直到深淵邊緣。

小熊壯著膽子往下望，這一望差點嚇得驚叫出聲。

她慌忙用熊掌摀住嘴，強迫自己繼續看下去。

就如文森所描述，深淵周邊全是黝黑的岩壁，刻在上面的符紋一閃一閃地亮著幽光，底部則盤踞著一顆碩大無比的灰暗眼球。

那個就是……邪神。

邪神的瞳孔是酒紅色，但盯久了更容易想到血的顏色，眼白上布滿荊棘般的赤紅絲線。

眼球周遭長出無數觸鬚，有的如樹根攀附在岩壁上，有的在眼球上方層層交纏，像是一張駭人的網。

小熊吞了好大一口口水，「我們這是要怎麼下去……爬下去？」

但從這深度來看，可能爬到天亮了都還沒到底。

柯諾斯有其他方案。

「抓緊我了，主人。」

話聲方落，站在深淵邊緣的柯諾斯抱著小熊縱身一躍——

第10章

柯諾斯動作太快，小熊還沒反應過來就感到一股驚人的失重感傳來。

風聲在她臉邊呼嘯而過，把她全身熊毛吹得颯颯舞動。

強勁的氣流吹在耳邊，像是尖利的鬼哭神號。

小熊在遊樂園玩過多回自由落體，但這絕對是她第一次在毫無安全防護的情況下，被帶著往數百公尺底下跳。

小熊緊閉著嘴巴，把聲音死死地堵在喉嚨裡，她怕一張口就會咬到自己的舌頭。

所以她改在心裡瘋狂尖叫。

啊啊啊啊啊啊啊——

刺激程度超出負荷了，救命啊啊啊啊啊——

心跳在狂飆，血脈在賁張。

周遭景象以極快速度從眼邊刷過。

小熊感覺心臟要炸裂了，但她不敢閉上眼睛，瞪得又圓又大的眼瞳倒映出底下的龐然大物。

巨大的眼球怪似乎察覺到什麼，耷拉的眼皮漸漸往上掀開。

靜靜攀附在岩壁上，或是在眼球上方交織成網的觸鬚也緩緩地蠕動，就像一條條收縮的血管。

一人一熊持續高速下墜。

向著深淵墜落。

黑夜覆蓋在坑洞上方，圓月掛在天邊一角。

大大的月亮像另一顆眼球，俯視著深淵之谷內的另一顆眼珠。

越往深處，月光就越難以進入，陰暗從四面八方湧上，像要將渺小的一人一熊吞噬。

但就在這份幽暗中，小熊看見了光。

光總是帶給人希望，帶給人正面。

但此時此刻落進小熊眼中的光，卻讓她面露驚恐。

金黃色的光輝來自於柯諾斯。

從靴尖開始，一路往上擴散……他的身體正逐漸化成一片片光之羽毛。

片片耀眼光羽往上飄飛，包圍在小熊身邊。

「柯諾斯！柯諾斯！」小熊慌張尖叫，一雙爪子不自覺將人抓得更緊，彷彿這樣做就能阻止眼下發生的一切。

「不是說只有魔力會消失嗎？爲什麼是你在消失？這鐵定哪裡出問題吧！是出ＢＵＧ了嗎！」

小熊知道自己現在很歇斯底里，但這能怪她嗎？

柯諾斯在消失。

他、在、消、失！

「沒有出問題喔。」柯諾斯的膝蓋以下都化成光羽，可注視小熊的眼神仍一如往常寵溺。

小熊呆住，「沒有出問題是指……」

一個驚人的猜想如閃電劈下，小熊僵直，難以置信地用力瞪著柯諾斯。

柯諾斯整個人……都是由魔力組成？

「別擔心，還是能撐到送妳下去的。雖然現在說可能有點晚了，但我之前一直沒告訴妳，其實我是……」

柯諾斯話說到一半被小熊激烈打斷。

「我管你是什麼，反正肯定不是人了！現在是說遺言的時候嗎？不，給我閉嘴，聽我的！」

小熊飛速從包包拿出手機，進入遊戲的角色保管室，點開柯諾斯的卡片。

戀絆值不知不覺已經刷到第九顆愛心。

小熊的大腦瘋狂轉動，這大概是她這輩子最用腦的時刻了。

要怎麼讓一個變態絨毛控瞬間沖高愛意值？

答案只有一個。

犧牲她的美色啊！

小熊一手緊抓手機，一手猛力扣住柯諾斯的後腦。

發揮她此生最霸道的一面，仰高熊臉重重往柯諾斯嘴唇一親。

老實說，她也不知道親對了沒有，自己一臉的熊毛眞的太礙事了。

但下一秒，小熊就知道自己絕對親對地方了。

因爲她看見那雙漂亮的酒紅色瞳孔遽然收縮。

直白一點來講，就是柯諾斯瞳孔地震了。

果斷擺脫想再追上來的嘴唇，小熊火速低頭，看著手機裡的戀絆值。

那一親果然效果強大，第十顆愛心直接滿點。

小熊切換至商城畫面，原本一排排的灰色欄位亮起光芒，被封住的功能成功解鎖。

活動道具交換……不是這個。

禮物選購……不是這個。

日記鑰匙……不是這個。

購買虹鑽……不是這個。

角色販賣……

就是這個！

只有一張卡片能夠販賣。

看著跳出的「確定販賣」，小熊深吸一口氣，強迫自己忽視那股窒息感，毫不猶豫地點下了確定。

角色卡片被清空的瞬間，小熊看到自己手背上飄出半朵玫瑰印記。

柯諾斯的手背上則飄出另外半朵。

「妳做了什麼？」這或許是柯諾斯第一次流瀉出茫然和動搖。

「解除契約，把你送走！我們拆夥了！我真是天才！」

幾乎在小熊得意大喊的剎那間，赤紅色的玫瑰花印記像被風吹散，丁點痕跡也沒留下。

「妳不能！」柯諾斯臉色大變，想把小熊攬得更緊。

但瞬間虛化的手指只能從小熊身體穿過。

什麼也無法抓住。

僅僅一眨眼，抱著小熊的銀髮男人就這麼消失了。

就算做足心理準備，親眼目睹柯諾斯從眼前不見，小熊還是忍不住放聲慘叫。

「啊啊啊啊啊啊——」

因爲，沒人抱著她了！

失去那隻橫抱住自己的強健手臂，墜落的速度頓時一口氣加快。

小熊在空中慌亂揮動雙臂，強悍的氣流吹得她顚簸翻轉。

或許是小熊眞的太小了，那些觸鬚感受不到威脅便停止了蠕動。

大眼球撐起的眼皮亦慢慢往下滑。

小熊哪能讓那顆眼珠閉上，她奮力抓住跟著亂飛的斜背包，艱辛地掏出她一路上省吃儉用的東泉辣椒醬。

沒想到這一掏，連小蘇娃娃也一併被扯出來。

小蘇娃娃的線與東泉纏在一起，成爲買一送一的贈品。

小熊沒空管那麼多了。

她轉動東泉辣椒醬的瓶蓋，讓它鬆鬆掛在瓶口處，隨後在心裡拚命默唸著金手指，成功看見自己食指上浮出一層金色虛影。

金光將她的食指包圍，看起來就是一根金燦燦的手指。

星戀之神曾經說過的話浮現出來。

「現在妳擁有一個特殊能力，使用次數爲一次，務必好好珍惜使用。這個能力能把某個東西變大變大變大再變大，當然，如果妳想用在生物上是不行的。」

漆黑岩壁上的詭異紋路斷續地閃動不祥光芒。

一簇一簇的，彷如黑夜中的鬼火。

幽光不時照射在觸鬚上，更加突顯它們駭人的形貌。

小熊明白，只要那些詭異紋路不消失，任何蘊含魔力的存在都會被清除。

就像柯諾斯先前差點化成滿天光羽一樣。

外面的警告牌寫著「唯有傷害，才能讓邪神解除防禦」。

既、然、如、此！

小熊不由分說地直接將自己的金手指用力戳上東泉辣椒醬。

本來能輕易握住的玻璃瓶霎時以驚人速度變大、變大、變大！

變大的不只東泉，毛髮與它糾纏一起的小蘇娃娃赫然也跟著巨大化。

小熊目瞪口呆，萬萬沒料到無意中捆綁在一起的兩者，竟會被金手指認定爲同一物品。

東泉辣椒醬還在變大。

小蘇娃娃也跟著壯大。

唯有掉落在東泉辣椒醬瓶身上的小熊仍是那麼小。

小熊趴在瓶身上，跟著小蘇娃娃一起抱住東泉往下疾速俯衝。

「小蘇衝啊——」小熊揮舞著拳頭，爲自己的心之友搖旗吶喊。

在小熊的吶喊聲中，鬆鬆掛在瓶口處的瓶蓋也來到極限。

「噗滋」一聲。

紅色辣椒醬就像澎湃的噴泉，由瓶口高速噴出。

不是金屬武器，不是魔法，不是毒藥，更並非由魔力組成。

東泉辣椒醬暢通無阻地穿過重重觸鬚，毫無保留地澆淋在那又圓又大、眼皮還沒完全蓋上的眼球。

如此刺激性的濃稠物，只要沾上一點都會讓眼睛受不了。

何況這般大量。

穿越到亞倫泰王國後，小熊每次淋東泉都是省吃儉用，就怕不小心吃完了，以後的食物都將失去靈魂。

直到現在還有超過三分之二的量，足以撒好、撒滿。

從未體驗過的痛楚瞬間讓邪神陷入暴動。

巨大眼珠瘋狂顫抖，眼皮不斷眨動，似乎這樣就能把糊在眼球上的醬料弄掉。

但這麼做只是讓眼皮內側也沾到辣椒醬，痛上加痛。

無法擺脫的劇痛讓邪神發出野獸般的嘶吼，所有觸鬚癲狂舞動。

身爲凶手的小熊光是想像那股痛苦，忍不住也想把自己眼睛摀住。

但現在不是摀眼的時候。

小熊抬頭往周邊看去，那些像鬼火陰森閃爍的符紋全數暗下，再也不見幽光出現。

邪神的最強防護被解除了。

失控暴走的觸鬚如同亂飛的鞭子，不停在深淵內抽打甩動。

岩壁被擊裂，大塊大塊的石頭往下砸落。

巨大化的東泉辣椒醬和小蘇娃娃則是最顯眼的目標。

大量飛來的觸鬚將瓶身與玩偶抽得四分五裂，玻璃碎片混著零散的辣醬往四面八方飛去。

小蘇娃娃也無法倖免。

它的腦袋破碎，寫著「小蘇」的布料天女散花，海星般的身體被撕扯爲好幾塊，塞在裡面的棉花飄浮在空中。

這團混亂中，小熊感覺自己像在滾動的洗衣機中翻滾。

整隻熊天旋地轉，好幾次與觸鬚驚險地擦身而過。

可就算沒有被觸鬚打中，她同樣深陷險境。

失去支撐的她不是被觸鬚帶動的強風颳走，就是直接摔向大眼珠的方向。

「啊啊啊啊啊！」小熊的慘叫湮沒在邪神的嘶吼中。

小小的熊玩偶再也抵擋不了掃蕩過來的氣流，眼看就要撞上岩壁，沒想到背部先撞上一個鬆軟中帶有韌性的物體。

小熊驚疑回頭，這一看，熱淚盈眶。

被另一股氣流吹到她背後，正好成了緩衝墊的……赫然是小蘇娃娃的一隻手。

「小蘇蘇蘇蘇……」

在小熊激動得語無倫次之中，一熊一手一起撞向石壁，再往下滑落。

巨大的三角形手掌如一張魔毯，轉眼乘風飛起，有驚無險地從兩條觸鬚中鑽過。

只是勢頭並未維持太久，又出現了下衝的跡象。

小熊死命在大掌上趴平，頭上是觸鬚發狂製造的可怕騷動，耳邊是轟隆隆聲響。

最恐怖的是底下邪神因感到劇烈震晃，竟有緩緩向上爬出的趨勢。

布製大掌在半空浮浮沉沉，小熊在這陣顛簸中以一往無前的氣勢戳上商城的「購買虹鑽」鍵，找到最高金額的選項，拚命地按起+1、+1、+1。

歐過就非，非到極致，靠課改命，課金戰士就是我！

沒什麼是課金不能解決的。

如果抽不到，那就是課不夠，信仰不夠。

給他課到保底啊——

抽卡用的虹鑽以光速一路向上狂飆，轉眼從零跳到千。

小熊手指再飛快滑動，回到限定活動卡池頁面。

那些看不見臉，只看得見各種肌的男人們依舊環繞在卡池周圍。

下一瞬間，小熊爆發這輩子最快的手速。

熊掌朝「十連召喚鍵」上瘋狂連打，快得帶出一片殘影。

所有抽卡動畫通通一鍵跳過，絢麗光彩閃糊成一片金白。

數量驚人的各式道具不停從手機上跳出。

小熊看也不看，通通將它們往下掃落，另一手毫不停歇地繼續戳按抽卡鍵。

不到一分鐘就完成了三十二次連抽，並且完美達成全是道具、沒有任何角色的成就。

即使早就做足心理準備，也有強烈預感，但小熊還是忍不住想仰天長嘯。

全部都是道具，這也太過分了！

什麼爛漫星光之戀，乾脆改名叫氾濫道具之戀吧！

看著螢幕裡的十連召喚鍵，小熊抬高手，快狠準地朝它最後一次按下。

又一陣道具雨噴發，其中有個閃耀七彩光芒的珠寶盒特別耀眼。

也唯有它是直接飄飛到小熊眼前，一排說明文字跟著跳出。

恭喜抽到保底，請選擇想要換取的SSR角色。

珠寶盒自動開啓，六張閃爍光暈的人物卡片浮至空中。

小熊一眼就找到最熟悉的那張——來自遠方的神祕騎士。

沒有絲毫遲疑，小熊奮力拍上正中央的人物卡。

當熊爪子碰觸上卡片的剎那，另外五張卡片消失，絢麗的七彩光芒在空中迸放。

彩光中有身影浮現。

小熊仰著頭，彷彿又重回那一夜。

銀髮男人雙手拄劍，懸浮在空中。

他的身形高大挺拔，氣勢非凡；銀色髮絲在月夜下像泛著淺淺流光，結實修長的身軀被鎧甲包覆，披著一襲深色大氅，領間是一圈毛茸茸的皮草。

鮮紅的玫瑰圖騰一併在空中浮現。

「柯諾斯！」

小熊抽出勇者之劍，在身下布掌失速下墜之際，使勁將長劍扔向空中的男人。

「我的願望是——替我戳死那顆大眼睛！」

長長睫毛掀起，一雙酒紅色的眼瞳驟然睜開。

說時遲、那時快，玫瑰花一分爲二，流星般直衝小熊與柯諾斯的手背。

劍柄像點綴了星光，劍刃彷彿匯集了虹光。

由星光之柄和虹彩之刃組成的長劍被一隻大掌穩穩握住。

柯諾斯握緊勇者之劍，如同飛鳥朝下俯衝。

被風吹得鼓起的深色大氅在他身後展開，像一雙伸展的翅膀。

勇者之劍爆發出萬丈光芒，輝煌的金光拉長擴大，形成更爲巨大的光之劍。

深淵被金光徹底照亮，一切無所遁形。

就像感受到極度危險，所有觸鬚全都朝著同一方向疾速追去。

小熊緊抱小蘇娃娃手掌的一角，在墜落間奮力仰頭向上看。

她看到柯諾斯舉起光之劍，對準沾滿紅色液體的眼珠一斬而下——

金光切入灰暗的眼球內，更多道光束四射出來。

奪目光輝下一刻爆炸般往周邊席捲，將邪神、柯諾斯，還有漫天觸鬚全包圍住。

就連小熊也被金光吞入，刺眼的光線讓她不得不閉上眼。

彷彿過了許久，也彷彿只經過須臾。

燙在眼皮上的強光消失，一同消失的還有失重感。

有股力道猛地揪住小熊後頸，讓她停止往下墜落。

小熊呆呆地張開眼睛，先是低頭往下一看。

深淵底部就在腳下不遠處，本來盤踞在谷底的大眼珠消失了，可以清楚看見坑坑窪窪的地面。

小蘇娃娃的手掌靜靜躺在地上。

小熊再慢慢抬起頭，對上一張好看到令熊呼吸一窒的臉。

銀髮紅眼的男人噙著溫柔的笑，連說話語氣也是溫溫柔柔的，「嗯？拆夥？解約？」

「等等，聽我狡辯！」驚覺自己不小心說出眞心話，小熊忙不迭改口，「不是，是聽我解釋！」

柯諾斯將拎改爲抱，雙手穩穩地托著小熊的腋下，把她舉得高高，讓雙方眼睛

平視。

這讓小熊可以看得更清楚，柯諾斯的嘴角雖然上翹……

可他眼裡沒半點笑意啊！

「我那是……那是怕你真的會化成一堆光，但解除契約就能讓你先離開這裡！而且我不是很快就把你再召喚過來了？雖然事前沒跟你商量……」

但她哪知道柯諾斯從頭到腳都是魔力做的，一跳進來就跟小美人魚照到陽光一樣變成泡泡……雖然他是變成一堆羽毛。

幸好星戀之神曾補充過遊戲規則只有第一隻角色才要刷滿戀絆值，刷滿就能用力抽、使勁抽。

一路抽到保底把人抽回來！

「應該是我質問你才對吧！」小熊挺起胸，換她咄咄逼人，「這不都是你沒先跟我講清楚嗎？你不是人我也不在意，只要不是鬼就行。但你進來這裡會消失卻沒說，這問題就很大了！」

「我不會真的消失。」氣急敗壞的熊寶寶太可愛，柯諾斯一時被迷得脫口而出，「我已經做好奪走它力量的準備。」

「誰的力量……欸欸欸欸欸？又怎麼了？」不是小熊故意轉移話題，而是緊抓在手裡的手機霍然發光。

她驚惶地看著光芒大盛的手機，害怕它該不會是要爆炸。

還沒等她驚嚷出怎麼回事，手機裡的光線噴薄湧出，轉瞬把她包覆在內。吞去了小熊的驚叫，也吞去了她的身影。

當白光消失，亞麻色的熊寶寶已經不在原處。

柯諾斯的手還維持著舉高的姿勢，像是對虛空的一個擁抱。

可是他的懷抱裡，什麼也沒留下。

柯諾斯看著自己空空的雙手，臉上還有一時收不起來的怔然。

他慢慢地蜷握手指，隱沒起所有情感波動，如同一張冰冷漠然的面具。

就在這時，虛空一角倏地閃現光芒。

光輝中有道巴掌大的人影浮現。

它有著一雙薄如蟬翼的翅膀，頭上戴著金耀小皇冠，手裡舉著一根權杖，頂端鑲著一顆碩大的紅寶石。

假如小熊還留在此地，一定會吃驚地認出那正是星戀之神。

爛漫星光之戀的大宇宙、大意志之神。

一個喜歡別人喊它「大大」的神。

半透明的星戀之神像團棉花，輕飄飄地浮在半空。它的臉孔只是一團光輝，看不見五官。

但此時此刻，它就像在憐憫地俯視著柯諾斯。

柯諾斯仍是垂著眼，彷彿不曾發覺星戀之神的存在。

銀髮男人周身像是活人氣息全都消逝無蹤，現在的他宛如一座時光凝固的永寂雕像。

星戀之神也不在意柯諾斯不搭理自己，它舉起權杖，寶石亮起一圈聖潔光暈。

純白的光猶如漣漪，一圈圈往外蕩漾。

光暈照出深淵之谷，照到亞倫泰王國的西邊，籠罩整個世界……

下一剎那，柔嫩的草綠色從地面冒出，像張地毯迅速覆蓋深淵之谷。

陡峭崎嶇的漆黑岩壁長出藤蔓，捲曲的枝芽朝外伸展，花朵從中綻放。

僅僅彈指之間，深淵之谷就大變模樣。

從令人畏怕的黑暗之地變為春暖花開。

彷若嚴酷冬天離去，春日終於降臨。

不僅深淵之谷內有了變化，外邊的連綿山脈，解開封閉結界的亞倫泰王國，以及周邊的其餘國家……

它們的時間在這一彈指間，快速流動起來。

再隨著寶石上光暈消失，恢復正常流速。

星戀之神開口，低沉莊嚴的嗓音迴盪在這片空間裡。

它既像是對著柯諾斯說話，又像是隔著虛空，對著遙遠彼端的存在說話。

「公主靠著智慧與勇氣，成功打倒邪神，解救了亞倫泰王國。」

「詛咒影響消散，狂化的魔物們恢復正常，將亞倫泰王國隔離的結界也不復存在。」

「與兩位勇者告別後，『公主』帶著腰已經好的侍衛回到王宮，向國王坦承了自己的性別。」

「國王原來早就知道『公主』是男孩子，只是以爲他喜歡女裝，才配合著沒有說破。」

「恢復性別的『公主』成爲王子，成年後與侍衛結了婚，更將繼承王位，以智慧和勇氣領導這個國家，爲亞倫泰王國帶來和平安寧的生活。」

「眞是可喜可賀、可喜可賀。」

星戀之神揮動一下權杖，四周平空浮現多幅影像。

有諾亞王子激動與國王相擁。

有文森和蜜莉恩踏上新的旅程。

有盧西恩男爵家的三位千金在地下練武場認眞鍛鍊。

有深淵森林遊樂區重新開幕，再次成爲熱門的觀光景點。

還有一隻亞麻色熊寶寶牽著諾亞王子的手，和他一起逛著花園。

柯諾斯眼睫顫動，不用特意尋找，視線自然落在熊寶寶的影像上。

可也只有一眼，那雙紅眸便移開視線。

那隻熊寶寶的體內，再也不是那位與他締結契約的女孩。

它不會抬起短短的腳，惱怒地踢向他的小腿。

也不會在他將臉埋進它肚子時，把他的頭按得更緊，意圖悶死他。

更不會揮動肥厚的熊掌，氣急敗壞地用力拍打他的胸，就是不打他的臉。

——他早就知道對方對自己的臉毫無抵抗力。

小熊要是這時還在，還能聽見柯諾斯想法的話，估計會一臉震撼。

……大哥，你M嗎？你愛我的熊形是愛得多深沉？

「你覺得這樣的結局如何？」星戀之神的權杖再隨意一動，所有影像消隱，

「劇情順利跑完，異界之人的痕跡也不會被人察覺。」

「不如何。」柯諾斯冷淡地說。

「我真不懂你的想法。」星戀之神嘆口氣，圍著柯諾斯轉了圈，「好好的邪神不當，非得把自己切成三截，還把扔下的那兩截變成能殺死自己的東西。一個成了勇者之劍。

一個成了新一任邪神。

「明明只要繼續當你的邪神，等到公主打倒你……當然是表面上的，完成這世界必須經歷的劇情，你就能收獲世界回饋給你的能量，成爲我的接班人。」

結果這傢伙卻在劇情開始之前，就把自己給切割了。

也不管扔下的分身會引發什麼後果，拍拍屁股跑去沉睡。

害得它只好把那顆自行壯大的眼珠子抓去當新邪神。

沒想到才解決完這邊，又換公主那邊出了問題。

最後還得召喚異界玩家過來幫忙代打，總算順利跑完劇情。

唯一讓它始料未及的，是那名女玩家在召喚時，居然能召喚到這位隱藏人物。

「這世界太無聊了，成爲你的接班人也同樣無聊，我爲什麼要做那種沒意義的事？」柯諾斯看也不看星戀之神一眼，「她回去自己的世界了嗎？在哪個方向？」

星戀之神回答，「東邊……你想要做什麼？」

他們彼此都知道這個「東」，並不是這世界的東方。

柯諾斯不再理會星戀之神，抬步朝東邊而去。

他伸手往虛空一抓，空無一物的前方驟然出現一道裂縫。

裂縫內是一片深沉的幽藍色。

隨著柯諾斯越漸靠近，裂縫範圍也跟著擴大，直到能讓他輕易跨入。

星戀之神只飄浮在後面，「你不一定能找到她，我們世界與異界之間隔著虛海，什麼東西也沒有的虛無之海。你若是迷失方向，就只能困在虛海裡了。」

柯諾斯頭也不回，輕笑了一聲，「我之前待的也是虛海，頂多是回到從前的狀態而已。」

星戀之神不再說話，安靜目送那道身影完全踏入裂縫內，很快就被深藍色吞沒。

浮在半空中的裂縫迅速縮小，直至閉攏，再也看不見曾經存在過的痕跡。

虛海。

虛無之海。

這裡什麼也沒有，只有無窮無盡的深藍。

一旦進入虛海，等待在前的只有迷失一途。

柯諾斯不是第一次進來，上一次他在這裡沉眠了大約一百年。

當時會進來的原因也很簡單。

這世界太無聊了，沒有引起他興趣的地方。

不，也不是都沒有。

起碼神創造的那些可愛毛茸茸生物很不錯。

柔軟的皮毛、看上去舒服的觸感。

可惜的是，從他降世開始，那些生物都會自動避開他，彷彿他是無法接近的恐怖存在。

既然沒有可愛的毛茸茸動物，他對被安排好的劇情也沒興趣，倒不如進入虛海沉眠。

直到那道代表有人召喚的微光出現。

就像深海中突然落入一顆星星。

但那顆星星在柯諾斯眼中看來，就像再尋常不過的小石子。

無聊、無趣、無意義。

不過，接著他聽見那道飽含強烈意志的大叫從星星內傳出。

「求求了！拜託讓信女脫非入歐啊啊啊——」

重點是！

隨著一陣波光晃漾，星光裡赫然透出一個熊掌的圖案！

柯諾斯選擇回應。

於是他獲得了一個……有趣的契約對象。

柯諾斯不知道自己在虛海裡前進多久，時間在這個地方失去了意義。

永劫和剎那在這裡都是同樣的。

茫茫深海如同一座死寂的墳場。

柯諾斯沒有停下，也不會停下，他只是一直一直地走下去……

第11章

好消息，她沒死。

壞消息，她又穿……慢著！

小熊瞪著熟悉的吸頂燈，熟悉的天花板，瞬間從地板彈坐起來。

晝光色的燈泡隔著燈罩，將空間映得明亮又柔和。

小熊震驚不已地環視周遭景象一圈，一個不敢置信的猜想朝她砸下來。

砸得她頭暈眼花，目瞪口呆，嘴巴遲遲合不上，就連手指也忘記收攏。

「咚的」一聲，有什麼砸在地板上。

小熊低頭一看，發現是無意中一直抓著的手機。

她的遊戲專用手機跟著她一起回來了。

所以說、所以說……

她這是穿回來了？

從遊戲裡的亞倫泰王國，穿回她繳完一年房租的台北套房了!?

小熊大腦出現短暫呆滯，思考一併停擺，只能愣愣地重新環視客廳一遍。

線香尚在燃燒，淡淡的白檀香氣瀰漫四周。

木紋地板上擺著一張印有璀璨魔法陣的Ａ４紙，旁邊是架立起來、和好友視訊用的另一支手機，只不過螢幕如今已完全暗下。

還有一個裝過食物的空碗，碗內殘留些許醬料痕跡。

一切都與穿越前沒兩樣。

彷彿所謂的穿越不過是大夢一場，又或者只是自己臆想出來的。

但當目光觸及碗裡的粉紅色，小熊猛然意識到還是有個地方不同了。

她的東泉。

她的東泉辣椒醬不見了！

小熊猛然往臉頰用力一捏，力道很大，痛得她下一秒就哀叫。

媽呀，超痛！

所以不是作夢！

小熊一個激靈，反射性往牆上掛著時鐘的地方看過去。

時間是十二點整。

小熊再次彈跳起來，像枚小炮彈奔向窗邊，一把拉開窗簾。

窗外是黑沉沉的夜色，代表此刻的時間是半夜十二點。

小熊記得很清楚，自己穿越前是十一點五十二分。

爲了遵守抽卡玄學，她可是抓準時間才按下抽卡鍵的。

也就是說……她這趟穿越，在現實世界其實只過了八分鐘？

不，不對，沒看到日期前，一切都還不能確定，說不定實際上已經過了一個月。

小熊急忙再撲回手機前，先打開跟自己一起回來的遊戲用手機。

時間同樣是半夜十二點，日期則是……

小熊鬆了一口氣，日期沒變，還是星戀新活動剛開的第一天。

可那顆放下的心沒多久又再度提起。

小熊想到一個可能性，萬一這支手機因爲穿越產生故障，導致時間日期出錯呢？

她趕緊拿起另一支手機解鎖，螢幕亮起，出現的是與好友小蘇的LINE視窗。

視訊在八分鐘前中斷，底下是一排排焦急的追問。

小蘇：小熊？

小蘇：小熊？

小蘇：妳被外星人帶走了？

小蘇：靠靠靠，妳還活著嗎？小熊！

小蘇：我馬上就過去！！！！！

成排的驚嘆號顯露出留言者心急如焚。

僅僅看著小蘇的頭像照片，小熊就忍不住淚眼汪汪。

縱使她製作再多替身，終究比不上本尊帶給她的安心感。

小熊馬上回發訊息。

小蘇我回來了！

小蘇我沒事！

兩排文字旁邊遲遲沒有出現已讀，小熊乾脆打電話過去。

電話也沒人接。

小熊只得把手機擱一邊，等小蘇那邊主動聯絡。

她無意識地雙手環膝，下巴抵在上面。

回到現實帶來的激動情緒如大浪退去後，留下的是大片茫然。

她看著只有自己一人的客廳，難以言喻的空虛湧上。

明明不久前她還被柯諾斯抓著舉至空中，那雙漂亮的酒紅色眼睛直直盯著自己。

淡粉色的嘴唇就算皮笑肉不笑，看起來依舊格外令人心跳加速。

小熊想起自己豁出去的那一吻，然後眼淚嘩啦地流下來。

她當時是隻熊，一臉熊毛，就算親對位置，但啥都沒感覺到。

早知道這樣，之前變回人的時候，就先抓緊機會大親特親了。

不，不只是親。

想想那些在遊戲世界裡的早晨。

睜開眼睛時，旁邊都有一個半裸美男主動躺在旁邊。

她怎麼就沒有好好把握機會！

「啊啊啊啊！可惡啊！」小熊懊悔萬分地捶打地板。

星戀之神實在太過分，連點緩衝時間都不給。

她還以為打倒邪神後，起碼能在那邊多待一會。

結果連通知都沒有，直接把她丟回台北小套房。

早知道會這麼快被送回來，她在遊戲世界裡就先睡了柯諾斯再說！

管他什麼變態絨毛控，臉帥身材好胸肌又大的帥哥，睡了又不吃虧。

成年人的快樂她什麼也沒享受到。

一隻熊不該承擔的重量，包括但不限於被魔物追、被巨鳥抓走、被迫面對邪神觸鬚狂舞……

通通落到她弱小無助的肩膀上。

無論小熊內心再如何後悔，既定的事實都無法改變。

帥哥沒睡到就是沒睡到。

小熊吸吸鼻子，發出響亮的抽噎聲，傷心地把遊戲專用手機撈過來。

回到現實後，她的手機桌面不再綁定遊戲畫面，已經恢復正常。

繽紛的ＡＰＰ整齊排列，其中夾雜著一個爛漫星光之戀。

小熊深深吸一口氣，伸指按下。

螢幕畫面跳轉，跑過短暫的動畫後，順利進入遊戲裡。

全部欄位功能恢復正常，角色保管室裡仍然塞滿各式各樣的角色卡片。

獨獨沒有銀髮紅眼、氣質聖潔的那名男人。

小熊不死心，將排序改成「依照獲得順序」。

排在第一張的依舊是她前天抽到的三星卡……前天抽到!?

慢著慢著慢著，那她今晚抽到的呢？

感傷和惆悵霎時灰飛湮滅。

顧不得懷念那位她來不及睡的男人，小熊猛然坐直身體，雙眼瞪得老大。

她將手機翻來覆去看了許多遍，最新抽到的人物卡片還是沒有任何變化。

依舊是前天抽到的那位三星角。

小熊倒抽一口冷氣，穿進遊戲前她明明抽了十連。

要不是那個十連，她也不會被拉進星戀的世界。

「給我吐出來！把我抽的東西還給我！」小熊氣急敗壞地搖晃手機，彷彿這樣做就能把被吞掉的道具或人物搖出來。

搖到一半，小熊動作倏地僵住，飛快再切回主頁。

上面的虹鑽數量顯示是3。

而在穿越前，就算扣除被吞掉的十連……理應還剩下七十四顆。

但現在只有3，只剩下3了！

小熊想到一件更可怕的事。

她不自覺地屏住呼吸，手指顫抖，改點開綁定課金那張信用卡的APP。

上面的即時消費明細跳出一串五位數，消費時間是今晚……不，過十二點了，該說是昨晚的十一點五十八分。

那時她人還在遊戲世界裡。

小熊捧著手機，呼吸跟心跳變得急促，眼前驟然一黑，一陣凶猛暈眩襲來。

當時在深淵之谷，爲了保證讓柯諾斯重新歸來，她使出課金大法。

一課就課到能抽到保底的數字。

現在帳單聯動到現實，所以……

她下個月要窮到吃土了。

小熊直起的身體瞬間「啪」地軟倒在地，一動也不動地倒在地板上，雙眼空洞無神，就像一座即將風化的雕像。

身上顏色彷彿一併褪去，整個人黯淡無光。

小熊臉貼著冷冰冰的地板，感覺自己的一顆心也被凍得發涼。

這未免也太沒天理……穿越前的十連被吃了；穿越後砸錢砸到保底，強娶回來的男人不能跟著一起到現實就算了……

好歹也換成角色卡彌補她一下啊，她這課金最後是課了個寂寞嗎？

「嗚嗚嗚嗚……」小熊痛哭失聲，爲她逝去的金錢與在遊戲裡短暫萌動的少女心。

其中少女心比重大概佔10％，金錢則佔了90％。

偏偏這還不能找官方客訴，說你們遊戲出了ＢＵＧ。

她難道要跟官方說：我穿到你們遊戲的活動世界裡，砸錢保底一個男人，你們快把那男人交出來！

只怕客服會回覆：親愛的玩家，過度沉迷遊戲有礙身心健康，如有身心不適，建議提早看醫就診。

潛含意翻譯就是——有病記得看醫生。

多看一眼那條消費明細提醒，小熊的心就越痛上一分。她把手機螢幕往地上倒扣，來個眼不見爲淨，繼續沉浸在下個月卡費暴增的傷痛裡。

眞的太傷心了……她的錢、她的卡、她的遊戲、她的男人……

都還沒眞正抽到卡，她的虹鑽就被迫乾了。就算想再課一點，一想到下個月的帳單，還怎麼課得下去……

好把也把原本的七十四顆虹鑽留給她啊，居然聯動遊戲世界裡的狀況，變成只剩下三顆……

但是三顆還能再抽一次！

小熊瞬間垂死病中驚坐起，結果因爲動作太猛，腰部撞到旁邊的矮櫃。

小熊表情扭曲，再度趴回地板不動。

靠靠靠，肯定會青一大塊啦！

小熊不敢太大幅度挪動，以扭曲的姿勢伸出手，把遊戲專用手機一點一滴扒拉回來。

再次點入爛漫星光之戀的遊戲裡，小熊的抽卡之魂熊熊燃燒。

身爲抽卡狂魔，就算只剩下三顆，只能抽一次。

那也是抽！

手機螢幕出現活動卡池，列在上面的虹鑽數量依舊是3。

小熊喘了一口氣，手指懸在「召喚一次」的按鍵上。

這瞬間，她想起了很多事。

想起初入遊戲世界裡，在螢火大草原的單抽奇蹟。

想起在深淵之谷裡，爲了讓柯諾斯再次回歸，直接拚到保底。

在通往保底終點的過程中，還完美達成全部只抽出道具的成就。

她歐過，也非過。

抽到保底才獲得角色可以說是非的極致了，任何玩家都無法否認。

非到極致就該重新入歐，這一次……該是她重返天選之人的時候了！

「各路神明啊！請保佑我這一抽就抽到閃亮亮香噴噴的五星角！信女願意……」

瞄著活動卡池周邊看不見臉的男人們，小熊心一橫，大叫出聲。

「信女願意三個月內封印三宮六院七十二男妃，不喊他們老公，只認最新的這個當老公——」

「老公」兩字還在客廳裡迴響，小熊的手指對準「召喚一次」按下去。

畫面一轉，魔法陣跳出來，白光同時閃耀。

小熊一顆心提至喉嚨處，緊張地盯著召喚畫面，試圖用她的火眼金睛發現任何可能要出五星角的徵兆。

徵兆沒找到，卻發覺白光亮度不同以往。

手機發出的光越來越亮了，熾白強光朝外噴射，籠罩整個客廳。

似曾相識的發展讓小熊的心臟幾乎停跳。

「不是吧！不會吧！不會吧！」小熊頭皮一麻，閉眼驚號。

閉上眼的她沒有看到白光裡驟現彩光，最終成爲一個璀璨耀眼的七彩光圈。

光芒的綻放與消失好似只是刹那。

小熊緊閉雙眼沒多久，就感受到眼皮外的強光一下減弱。

她不敢馬上睜眼，而是豎耳傾聽周圍動靜。

身邊靜悄悄的，沒什麼怪異聲響傳來。

小熊試探性地再往前一摸，閉眼前那裡是她放手機的位置。

她摸到了自己的手機。

手機在手讓她多少有了安全感，但她仍用力閉著眼，就怕張眼後直面衝擊的殘酷現實。

例如又穿越了。

還穿到另一個地方去。

下一瞬，一道汽車喇叭聲讓小熊一震，雙眼霍然張開。

她還在客廳裡。

燈光灑下，視線裡是再熟悉不過的家具布置。

就連屈膝蹲在她面前、披著大氅、一身鎧甲的銀髮男人，也很……熟……悉……

小熊嘴巴越張越大，眼睛也越瞪越圓，臉上全是震驚。

她維持著趴在地板上的怪異姿勢，整個人就像被閃電劈中，徹底傻在當場。

小熊沒注意到手機裡的召喚結果一片空白，沒有任何角色或道具被抽出來，彷彿遊戲出了大ＢＵＧ。

但頁面上顯示的虹鑽數字確實歸零。

銀髮男人抬起頭，露出一張過於英俊的臉。

眼瞳酒紅深邃，膚色冷白，五官零瑕疵，不管從哪個角度看都毫無死角。

「你你你……它它它……」小熊好半晌才找回聲音，但只能擠出結結巴巴的句子。她來回指向面前的男人與自己的手機，大腦依然像一團漿糊，無法順利思考。

小熊懷疑自己在作夢，不然怎會看到柯諾斯跑到現實世界來。

就在她的台北套房，在她的客廳裡！

「我達成妳的願望了，該妳達成我的。」柯諾斯鬆開長劍，任它倒落在地。他脫下手上的護具，朝小熊伸出雙手，「現在，我想要妳過來抱抱我。」

看著那雙骨節分明的修長大手，小熊像被迷惑了心神，無意識地把一隻手也放上。

屬於另一人的體溫傳遞過來，說明她碰到的人是眞實的。

這個認知重重撞進小熊心裡，反而讓她更呆傻了。

「你是眞的……」小熊喃喃地說，隨後不敢置信地驚叫，「你是眞的!?」

猛然意會到什麼，小熊即刻看向手機，畫面停留在抽卡結束的瞬間。

卻沒有看到任何一張卡片出現。

小熊看著歸零的虹鑽，一個天方夜譚般的猜想浮出。

「我把你……抽出來了？」小熊恍惚地說，「從遊戲裡面……抽出來了？」

「對。」柯諾斯微微一笑，沒有告訴小熊他是如何突破障壁，來到這個世界，「我達成妳的願望了，該妳達成我的，小熊。」

這是小熊第二次聽見柯諾斯喊自己的名字。

悅耳低沉的美聲落在耳畔，輕易讓人心尖顫動。

「你說你達成我的願望……」小熊以爲柯諾斯在說她剛許願的事。

雖然不是在遊戲裡抽到，但現實中……她的確獲得了一個閃亮亮香噴噴的五星角沒錯。

做人要守承諾的，既然她都對各路神明大聲祈求，那還願也是應當的嘛。

縱使平時能對眾多遊戲中的人物大喊老公，但眼下對著一個活生生的人，小熊忍不住有幾分窘。

她緊張地搓搓手指，喊習慣的「老公」兩字來到嘴邊卻發不出。正努力想張開像被膠水黏住的嘴唇時，就聽到柯諾斯說：

「在深淵之谷，妳提出的那個願望，我確實幫妳辦到了。」

小熊一愣，幾秒後才想起在深淵之谷許的願望是什麼。

「我的願望是——替我戳死那個大眼睛！」

意識到是自己誤會，小熊不禁臉熱，訕訕地說，「原來是因為這個……那你想要我做什麼？」

「我想要妳過來抱抱我。」柯諾斯向小熊索取擁抱。

唯有結結實實地抱住面前的人，才能讓他忘記在深淵之谷徒對虛空的空洞。

小熊收回搭在柯諾斯掌心的那隻手，做出像是要撐起自己的動作。

上半身剛撐起一點，卻又立即癱回地板上，與柯諾斯大眼瞪小眼。

柯諾斯等了一會，小熊仍然沒動。

「妳為什麼還不過來抱抱我？」柯諾斯眉頭皺起。

看著沉下臉，面露不滿和委屈的銀髮大帥哥，小熊只想含淚說一句。

大哥……我腳麻了，起不來啊！

腰閃到的小熊獲得一次來自美男的按摩。

在小熊的使喚下，柯諾斯把人搬到沙發上。

他本來想要卸下全身鎧甲，但留意到小熊的眼神在他準備脫的時候，閃過露骨失望，伸出的手指又慢條斯理地收回來。

柯諾斯手按在小熊腰間，泛著熱度的大掌在上面揉按。

肌肉被揉開的感覺又痛又爽，讓小熊不禁齜牙咧嘴。

不想讓自己五官扭曲的樣子被看見，她乾脆把臉埋入臂彎裡。

柯諾斯視線落在小熊綁成兩個糰子頭髮上，「妳還會變態嗎？」

「什麼？」小熊馬上轉過臉，也不管表情猙獰了，勢必要讓對方看清自己眼裡的嚴肅，「不會！我們這裡的人沒辦法變成熊，你想都不要想！」

小熊發誓，要是柯諾斯敢再說出一句熊比人好，她就……

她就馬上打破承諾，對她的男妃們喊老公。

「唔。」柯諾斯只這麼輕輕應了一聲，目光繼續落在小熊的頭髮上。

察覺到他注視的方向，小熊腦中瞬間警鈴大作。

他想幹什麼？難道想再蹂躪我的頭髮嗎？

不行，女生的頭不能禿！

小熊抽出手臂想守護腦袋，依然慢了柯諾斯一步。

糰子頭被揉散，兩根髮絲輕飄飄地從小熊眼前飄下。

不待小熊為她寶貝的頭髮悲痛欲絕，客廳大門外突地傳來「喀啦」的開鎖聲。

小熊起初以為是同層樓其他住戶回來了，接著驚悚地反應過來，外面那人開的是她家大門！

不是吧不是吧，剛穿回來就碰上小偷嗎？

柯諾斯靈敏轉身，長臂往地面一探，行雲流水地從劍鞘抽出長劍。

大門被人由外開啓的剎那，銀光一閃，劍尖直指門口。

也直指向一名喘著大氣的馬尾女生。

乍見有利器對著自己，馬尾女生瞪大眼，欲往屋內衝進的身體硬生生煞住。

「快住手！」看清來者的臉，小熊同時驚恐大叫，「那是小蘇！」

小蘇。

這名字柯諾斯聽過太多次了，現在還是他第一次瞧見本尊。

與小熊差不多年紀的女生，綁著簡單馬尾，眼下有著黑眼圈。

就算正被長劍指著而面露驚惶和震驚，一身頹喪、厭世感仍是揮之不去。

柯諾斯俐落收回劍，仍蹲在沙發前，手也不聲不響地再放回小熊的腰上。

小蘇站在門口，與小熊大眼瞪小眼，下一瞬大步跨入屋內，反手關上大門。

她看著趴在沙發上的好友，再看向一名穿著西方鎧甲、活像在COSPLAY的銀髮紅眼男人。

她的一張臉看似沉著冷靜，思緒其實亂得像打結的毛線團。

無數疑問在腦子裡飛來飛去，有時互撞，便引起接二連三的大爆炸。

小蘇腦子更亂了。

她下意識看了一眼牆上熊頭造型的可愛壁鐘，上面時間是凌晨十二點快二十分。

大概半個小時前，她親眼看到和自己視訊的小熊被白光吞沒。

然後客廳裡變得空無一人。

任憑她在手機裡怎麼喊，都沒有得到回應。

嚇得她立刻趕來小熊租屋處，只想弄清楚自己那麼大的一個朋友，是不是真的平空不見了。

她有小熊家的鑰匙。

爲的就是防止小熊趕稿時忙得日夜顛倒，生活作息錯亂，連三餐都忘了吃，把自己餓死在房裡。

趕來的一路上，小蘇設想了許多可能，從外星人到屋裡突然鬧鬼都想過。

然而她怎樣也沒想到，一打開小熊家大門……面對的會是有個陌生男人拿劍指著自己。

而她那位好麻吉則躺在沙發上，好似半小時前的失蹤不過是場錯覺。

小蘇仍然沒說話，一再來回看著小熊與柯諾斯。

就算小熊的上衣被撩起一截，露出後腰，頭髮散亂，還香汗淋漓，她也不至於認爲這裡方才發生什麼不可言說的事。

拜託，那個銀髮男人可是全身鎧甲。

要是這樣都能成功做什麼兒童不宜的事，那她只能說……這是一種很新的玩法。新到她這個閱遍各種小黃漫的人都跟不上的潮流。

最後小蘇的千言萬語簡化成震驚的兩個字。

「他誰！」

「呃，他他他……他其實是那個……」家裡無端冒出一個男人，還被好友撞個正著，小熊舌頭打結，拚命想著該怎麼解釋。

或許是太緊張了，腦子和嘴巴一時沒聯動上。

大腦還沒想出合理解釋，嘴巴已擅自採取行動。

三個字脫口滑出。

「我老公？」

尾聲

總而言之，還沒有和柯諾斯結婚。

就算不小心失口說出「我老公」三個字，柯諾斯也沒眞的成爲小熊老公。

閃婚，NO！死會，NO！脫離單身，更是NO！

小熊用了三個NO來嚴正表達她的拒絕。

不是說她對柯諾斯沒意思，雖然不到億點意思，但很多點還是有的。

但成熟的女生哪能輕易暈船，嚴格算起來，他們認識兩個月還不到。

喔，自從柯諾斯穿越次元，從遊戲世界來到現實後，又過了一個多月。

期間發生不少事。

首先，小熊跟小蘇說了自己穿越到爛漫星光之戀裡，穿成一隻熊還得去打邪神的事。

她覺得這過程肯定令聞者傷心，見者落淚。

結果她最要好的朋友兼國中同學一邊喝著啤酒，一邊吃著雞排，全程面癱臉地聽她說故事。

同學愛呢？朋友愛呢？

虧她爲了小蘇，在異世界做了四個替身出來！

但不管如何，小蘇還是接受了自己朋友曾短暫穿到遊戲裡，順帶也接受朋友的同居人是位異世界人士的事實。

其次，柯諾斯在這個世界成功有了一份工作。

過於優異的外表讓柯諾斯時常會碰上星探遞名片，鼓吹他往明星之路邁進。

柯諾斯對此不感興趣。

他對與人接觸毫無興趣，除了小熊以外。

小熊想著這人做表面工夫其實還挺有一套的，既然不想與人有接觸，那只要不接觸到就行了吧。

有個工作說不定挺適合他的。

於是柯諾斯現在是一位知名虛擬主播。

也就是所謂的VTuber。

V皮還是小熊找認識畫家朋友畫的，外表就沿用他原本的長相。

完全不用擔心與爛漫星光之戀的遊戲撞角。

非常神奇地，柯諾斯來到現實世界後，星戀這次新活動的限定角就從六變成五。

那個神祕角像是從來不曾存在。

更神奇的是，柯諾斯還從鎧甲裡找到一張屬於自己的身分證。

連他也一臉困惑。

小熊猜也許是星戀之神送上的小禮物。

但可喜可賀，柯諾斯也是個有戶口的人了，再也不用擔心未來無法與小熊登記結婚。

即使他現在連人家男朋友也不是。

又過了一個月，柯諾斯成功佔據小熊男友的位子。

自從有了男朋友，小熊也開始有了新的煩惱。

柯諾斯繫著圍裙在廚房煮菜，抽油煙機轟隆聲響傳出。

小熊拿著手機，一溜煙跑回房裡。

她用最快速度打開爛漫星光之戀，進入新推出的活動限定卡池。

新的大胸肌男性角色看得她激動萬分，恨不得馬上將他納入自己後宮。

將手機擺在工作桌上，小熊搓搓手掌，盯著螢幕，力求讓自己大腦放空。

待會就靠無心流來抽男人。

動作要快，不然被柯諾斯逮到就麻煩了。

這就是小熊目前的新煩惱。

有了男友的最大壞處，就是她都得背著對方偷偷摸摸地抽卡。

不然那人就會像個背後靈般站在她身後，溫柔地說：

「妳又想找誰當新老公了嗎？」

對，就像現在這……樣……

BEAR
BEAR

小熊僵住身體，慢慢地轉過頭。

繫著印滿可愛熊頭圍裙的柯諾斯對她淺淺一笑，身下影子像活物在蠕動。

「噫！聽我狡辯……我是說解釋！」

類似場景如今三天兩頭在小熊家上演。

自己這位男友就是從遊戲裡抽出來的，因此每當抽卡被抓包時，小熊總是格外心虛。

通常她會以收手不抽作結，至於有沒有躲起來再抽又是另外一回事了。

其實小熊也不想那麼快屈服。

可對方都露出胸肌、腹肌、人魚線了耶，她怎麼扛得住！

當然是口水一抹，先撲上去再說。

紙片人老公再怎麼香，面前這個摸得到、吃得到的，才是最香的！

曾經，在自己最好朋友脫單時，小熊許過一個願望。

她希望未來也能找到一個男朋友。

她的條件很簡單，活的、男的。

後來她確實成功找到一位男朋友。

也符合那兩個條件，男的、活的。

她唯一沒料到的是……對方不是人！

但還能怎麼辦呢？

只好摸著男友的胸肌，繼續一起把日子過下去啦！

《乙女Game公主是隻熊！》全書完

後記

照慣例感謝看到這裡的你~

謝謝你把小熊第二集帶回家！

雖然正式書名有了，但就還是習慣喊它小熊XDD

本集的ㄎㄧㄤ度繼續努力提升，不知道你們有沒有感受到呢？

各種放飛自我跟吐槽，寫起來眞的太快樂啦！

在第二集裡面，感情線也再增加一些了，把柯先生和小熊成功送作堆了:D

恭喜柯先生抱得小熊歸！

在故事裡有埋一些伏筆，例如柯先生的身分啊，從第一集就開始暗示他跟星光之柄的關係。

不過眞正解答還是在第二集，因爲勇者之劍都是他自己切割出來的，所以他才能感應到。

總之是個喜歡把自己切成好幾等份的男人呢，柯諾斯先生。

不知道你們有沒有留意過第一集和第二集的封底（彩頁）設計？兩位主角的站位也是暗示著他們當時的感情狀態。

第一集是背對背，中間的熊寶寶負責要牽他們的紅線。

第二集就是面對面了，連熊寶寶都抱著一顆愛心，表現出兩位主角的感情順利升溫，也順利組成CP了。

這個概念是編輯提出來的，眞的太厲害了，想出超棒的設計方向！

夜風大則完美把小熊和柯諾斯的感情都表現出來～

抱著書都忍不住爲小熊他們露出姨母笑。

從第一集就露面的東泉，在這集終於大顯神威。

它的穿越也是有意義的，絕不是單純讓小熊吃飯而已哈哈。

它還賦予了另一個非常重要的意義，這裡就賣個小關子。
因爲答案在第二集的特典小冊裡面。
特典小冊是用小蘇娃娃的視角，來看小熊他們的冒險。
當然關於小蘇娃娃換號的心路歷程也是不會少的。
大家走過路過，千萬不要錯過我們的特典小冊啊！

這是第一次試著寫短篇的故事，兩集完結。
希望你們看完小熊的故事之後，都能感到開開心心！
我們下一個新故事再見了～

醉琉璃

心得感想區 QR Code
歡迎大家上來分享唷！

國家圖書館出版品預行編目資料

乙女Game公主是隻熊!／ 醉琉璃 著.——初版.
——台北市：魔豆文化有限公司出版：蓋亞文化有限公司發行，2024.02
冊； 公分.——（Fresh；FS220）
ISBN 978-626-98204-0-5（第2冊：平裝）
863.57　　112021876

fresh FS220

乙女Game 公主是隻熊！②完

作　　者　醉琉璃
插　　畫　夜風
封面設計　木木Lin
責任編輯　林珮緹
總 編 輯　沈育如
發 行 人　陳常智
出 版 社　魔豆文化有限公司
發　　行　蓋亞文化有限公司
地址：台北市103承德路二段75巷35號1樓
電話：02-2558-5438　傳眞：02-2558-5439
電子信箱：gaea@gaeabooks.com.tw
投稿信箱：editor@gaeabooks.com.tw
郵撥帳號 19769541　戶名：蓋亞文化有限公司
法律顧問　宇達經貿法律事務所
總 經 銷　聯合發行股份有限公司
地址：新北市新店區寶橋路二三五巷六弄六號二樓
電話：02-2917-8022　傳眞：02-2915-6275
港澳地區　一代匯集
地址：九龍旺角塘尾道64號龍駒企業大廈10樓B&D室
電話：+852-2783-8102　傳眞：+852-2396-0050
初版一刷　2024年 2月
定　　價　新台幣 280 元
Published and printed in Taiwan

ISBN 978-626-98204-0-5

魔豆

魔豆